二本の指が花びらを開き、くちゅ、といやらしい音をさせて
快感の芯を弄られ、久留巳の身体はぴくん！　と大きく跳ねた。
「やっ、やあっ、ああ、ん……っ！」
「……可哀想なくらい、敏感な身体だな」

愛を信じない冷徹夫が、政略結婚した新妻に夢中です

森屋りの

Vanilla文庫 Miel

愛を信じない冷徹夫が、政略結婚した新妻に夢中です

contents

イラスト／森原八鹿

（なんて鋭い目なんだろう。まるで……狼《おおかみ》みたいで、怖い）

二十畳ほどの広さがある、高級料亭の座敷の中央。

一枚板の大きな座卓を挟み、正面に座っている男をちらちらと見ながら、久留巳《くるみ》は身を縮こまらせていた。

凝った細工の施された鴨居《かもい》や、美しい香炉が飾られた床の間のある豪華な個室で食事を終えたのは、久留巳とその両隣に座っている両親。

そして正面の男の両側に、渋い和服を着ていかめしい顔で座っている、その父親と祖父だった。

窓からは初夏のうららかな日差しが注いでいるというのに、どこか緊迫して張りつめた静けさの中、男の祖父が口元の白い髭《ひげ》を撫《な》で、口を開いた。

「……では、そろそろ我々年寄りは退席しますかの」

久留巳の隣にいた父親が、ハッとしたように顔を上げる。

「そういたしましょう。久留巳。くれぐれも、失礼のないようにな」

わかりました、と久留巳はうなずいたものの、内心ではどうしようかと焦っていた。

（ふたりきりになってしまったら、なにを話せばいいんだろう。私、気の利いたおしゃべりなんかしたことないのに……）

退席する家族たちに目も向けず、威厳と迫力を漂わせて座っている男。

彼は久留巳の見合い相手である、条願恭介《じょうがんきょうすけ》。

二十歳である久留巳より十二歳年上の、条願組の若頭だった。

恭介は不愛想ではあるが、黒々としたオールバックの髪が縁取る顔立ちだけなら、どこかの大手事務所の俳優かと思うくらい、整っている。

すっと通った鼻筋に、きりりと男らしい眉。引き締まった頬から口元にかけてのライン。形のいい唇。そしてなにより印象的なのは、鋭く厳しい瞳だった。

まるで恭介のために存在するのではないかと思うくらいに、タイトなダークグレイのスーツと黒いシャツが似合っている。

まさに極道の若頭、といういで立ちではあったが、それについては久留巳は気にしていない。

なぜなら久留巳もまた、極道一家、鬼丸《おにまる》組の組長の娘だからだ。

今回の席は、一応お見合いという形式はとっているものの、実質的には政略結婚の道具として引き合わされた、断ることのできない契約の場だった。

近年、急激に勢力を伸ばしてきた赤穂《あこう》組に対抗すべく、かつては何度か諍《いさか》いを起こしていた条願組と鬼丸組は手を組むことにした。

その際、互いの組長の息子と娘、恭介と久留巳の婚姻が手打ちの条件とされたのだ。

父も母も、久留巳に申し訳ないと謝罪しつつも懇願し、久留巳はそれを受け入れた。

極道の家で育った久留巳には、組長が組員たちの生活を守るのは当然という考えが心の底に根付いていたし、おそらく生涯普通には暮らしていけないだろうというあきらめを、幼いころから持っていたせいもある。

（それにしても恭介さん、機嫌が悪そう。……気持ちはわかるけれど）

恭介は室内に入り、最初に挨拶をした程度で、一人前数万円はするであろう懐石料理の昼食中も、ほとんどなにも言葉を発していなかった。

けれどそれも無理はない、と久留巳は思っている。

女性としての魅力が皆無の自分が相手では、不満だと感じられても仕方ないからだ。

久留巳は幼いころ、体が弱かった。そのせいか両親も兄も、よく言えば大切な箱入り娘として、悪く言えば自由のない籠の鳥として、極端なまでに過保護に久留巳を育てた。

小学校に通うころには、かなり身体は健康になっていたのだが、家族の過剰な世話焼きは変わらなかった。

そのころ、久留巳の父親が組長を務める鬼丸組や、現在は会長をしている恭介の祖父が組長だった条願組を含め、組同士の抗争が激しさを増していて、ひとりで行動するのは危険だったという事情もある。

久留巳の小学校への送り迎えは、常に組の車で組員たちによって行われていた。

もちろん、車を降りてもボディガードとして組員が常に横についている。

両親たちの過保護はそれに留まらず、自宅でも続いた。

観るテレビ番組も、読む本も、久留巳の健やかな成長の妨げになると思われたものは、ことごとく排除されていたのだ。

高校生になっても、部活はボディガードの目が届かないことが多いからと禁止された。

そんなふうにがっちりと組に保護されながらの学生生活だったため、久留巳の家庭事情は学校中に広く知れ渡っており、中学でも高校でも、ひとりの友人もできなかった。

もちろんデートどころか、友人とどこかに遊びに行ったこともない。

唯一心を許せた相手は飼い犬のトイプードル。会話した異性は、身体を丈夫にするためと、万が一に備えて習わされていた護身術のインストラクター、それに担任教師くらいだ。

化粧の仕方も知らないし、髪の毛はずっと母親に切ってもらっていて、常に両サイドで三つ編みにしていた。

表立っていじめられはしなかったものの、密かにクラスメートの女子たちが『もっさりタヌキ』という渾名《あだな》を自分につけていたことを、久留巳は知っている。

さらに高校に入ったころからバストが急激に大きくなり、『タヌキの無駄乳』などとも陰口を言われていて、随分と恥ずかしかった。

　今着ているチェック柄のジャケットにリボンのついたブラウス、膝丈のタイトスカートも含めて、服は父親が選んで揃えてくれていた。

　高級店の仕立てのいい服ばかりだったが、同世代の流行とかけ離れたものだということくらいはわかる。

　そんな自分を両親も兄も、可愛《かわい》い、品がいい、その辺の女とは違うといつも褒めちぎってくれていたが、久留巳はそれを素直に信じられるほど子供ではなかった。

（結婚相手が、こんな私でごめんなさい……。でも、そちらも承諾したと聞いているし。私だって、好きでもない人と結婚なんて抵抗があるけれど、きっと恭介さんも組のためと思って、覚悟は決めているわよね）

　久留巳は自分の正面で、むっつりと庭のほうに視線を向けている恭介を見て、心の中でそっと謝る。

　昼食の最中も、なんとか場の空気をやわらげようと、両家の家族がつまらない冗談を言ってみたり、お世辞の応酬をしたものの、乾いた笑いが虚しく部屋に響くだけだった。

　こうしてふたりきりになってしまうと、さらに痛いほどの沈黙が空気を満たしている。

　緊張に耐えきれなくなった久留巳は、なんでもいいからなにか言わねばと、勇気を振り絞って言葉を発した。

「あっ、あの。い……いいお天気になって、よかったですね」

なんとかそう言った久留巳に対して、ああ、と恭介は短い返事をしたきりで、またも沈黙がふたりの間に落ちる。

(困ったな。どうして私、もっと気の利いた話題が出せないいんだろう。見た目が悪いんだから、せめて楽しいおしゃべりができる性格ならよかったのに)

久留巳は不本意ではあるが、幼いころから多くの極道の男たちを目にしている。

恭介に付き従う組員たちの様子からしても、彼の持つ迫力や威厳は、まさに若頭に相応《ふさわ》しい実力を持っていると見受けられる。

ところが一方の久留巳は自分に対して、自信というものがまったくない。

(考えてみれば……野暮ったくて、地味で不細工で、なんの取柄もない私が、ちょっと怖いけれど、それでもこんなに……少なくとも見た目は素敵な人と結婚できるって思えば……むしろ、ありがたい状況なのかもしれない)

ぴかぴかに磨かれた座卓を見つめながら、久留巳は密かに、そんなことを思っていた。

それに恭介は外見こそ強面《こわもて》だが、給仕の店員への態度は偉ぶったところがなく、箸の使い方も食べ方も、とても綺麗《きれい》だった。

(目つきは怖いけど、それは仕事柄仕方ないいんだし……。結婚するからにはできる限り妻として、一生懸命尽くしてみよう。そうしたらいつか気持ちが通じる日がくるかもしれな

いじゃない）

湯呑《ゆのみ》を手にし、緑茶を口にしながら、久留巳は決意を固めていたのだが。

ふいに恭介が、静かな声で言った。

「……こうしてふたりきりになっても、不満のひとつも口にしないところをみると、そちらはこの結婚を了承するつもりでいる、と思っていいのか」

久留巳は驚いてお茶を飲みこみ損ね、むせそうになりながら慌てて首を縦に振る。

「んっ、ごほっ……。はっ、はい！　あの。わ、私でよければ」

頬を火照らせて久留巳はそう言ったのだが、恭介はぴくりとも表情を変えない。

「いいも悪いもない。そちらでもわかっていることだろう。これは、組と組との決め事だ」

その口調の冷たさに、久留巳は息を呑んで恭介を見つめる。

「はい。そ、それも、わかっています」

すると恭介は唇の端を皮肉そうにわずかに上げ、うなずいた。

「それならこれもわかっているだろうが、改めて言っておく。――俺はお前と、恋愛ごっこをするつもりはない」

「――えっ」

「愛情が与えられるかもしれない、などと期待するなということだ。家庭というものにも興味はない。俺たちは組のための、形だけの夫婦だ。それを忘れるな」

「……あ……あの……」

一瞬、久留巳は頭の中が真っ白になってしまった。

覚悟していたことだし、そうなるだろうと理解していた。

けれど頭のどこかで、結婚すれば時間が経つうちに、多少なりともお互いに情が湧くのではないか、と一抹の期待を抱いていた自分が恥ずかしい。

(私ったら……バカだ。ただでさえパッとしない女なのに、なにを図々しく夢を見ていたんだろう。本当に、形だけ。この人にとってこの結婚は、仕事の一環なのよ。それに……うちよりずっと大きな組の、二枚目の若頭。女の人なんて、いくらでも寄ってくるに決まっているじゃない)

実は久留巳は見合いの前日、五歳上の兄の辰巳《たつみ》に、恭介には決して気持ちを許すなと口を酸っぱくして言われていた。

『いいか、久留巳。若頭だろうとなんだろうと、極道の男なんてのはな。女なんて、貢がせる道具かアクセサリーくらいにしか思ってねえんだよ。俺くらいルックスがいいと、黙っていてもいい女があっちから群がってくる。だからいいな、条願組の若頭のことも絶対に信用するな。気を許すな。……そうしないと、お前が傷つくことになる』

幼いころから妹の久留巳を溺愛していた辰巳は、組のために久留巳を犠牲にするのかと、

今回の結婚に猛反対していた。

辰巳自身、女遊びがひどかったので、その言葉に説得力があったのは確かだ。けれど久留巳は、いくら極道でも父親はさほど女遊びなどしていなかったし、人によるのではないか、と考えていたのだが。

（やっぱり、お兄ちゃんが正しかった。……気を緩めたら駄目よ、久留巳。この結婚は、組のため。私のためじゃないんだから）

恭介の言葉に自分でも驚くくらいにショックを受けた久留巳だったが、おかしいのはわずかとはいえ、人並みに幸せな結婚生活を送れるのではという望みを持った、こちらのほうなのに違いない。自分も相手も、極道一家の一員なのだ。

俯《うつむ》いていた久留巳は、必死に唇を笑みの形にしてから顔を上げ、恭介を見た。

「それも……わかっています。形だけの夫婦ですが今後とも、よろしくお願いします」

うん、と恭介は軽くうなずいて、自分も湯呑を手にした。

窓の外では、小鳥が愛らしくさえずり始める。

けれど久留巳は胸の中に真冬の風が吹きこむような、どうしようもない寂しさを感じていた。

誰かに心のうちを知られたら、性懲りもなく夢を見るな、と言われるかもしれない。

それでも実は久留巳には、まだ希望を抱いていたことがひとつだけあった。

それは幼いころに絵本で読んだような、ロマンティックな結婚式をしたいということだ。

（髪の毛はくるくる巻いて花を飾って、耳の脇にも少し垂らして……イヤリングもつけてみたいな。あまり肩を出したら、お父さんに怒られるかもしれないけれど、そんなドレスを着てみたい。縁取りはレースで……）

ろくに化粧もしてこなかった久留巳だが、お洒落《しゃれ》をしたくなかったわけではない。

キラキラしたアクセサリー、デコルテの開いたドレス、赤い口紅、足がすらりとして見えるハイヒール。

子供のころから、それらを一度は身につけたいと思っていた願いが、結婚式で叶《かな》うかもしれないと淡い期待を持っていたのだ。

ところがその夢も、組のしきたりという名の前に、儚《はかな》く消えてしまった。

「それでは、遠方から参られたお歴々。また、我らが一家を支える幹部の面々。しかと見届けられよ。……我が孫、条願恭介。そして、我が義理の孫となる久留巳。このふたりの婚姻により、組と組との結びつきはさらに強固なものとなり、末永く互いの家を繁栄させていくこととなるであろう……。さあ、盃《さかづき》をこれへ」

白い髭を震わせて厳かに言うのは、紋付き袴《はかま》を着た、恭介の祖父。見合いの席にもいた、条願組の会長だった。

式が執り行われているのは恭介の実家でもある、条願組の大きな屋敷だ。二十畳はあるであろう座敷には、両端にずらりといかめしい男たちが座っている。全員が会長と同じく、紋付き袴を着用していた。

上座に座り、綿帽子をかぶった久留巳は、ひたすら身を縮こまらせて俯いている。隣で背筋をぴんと伸ばし、姿勢よく座っている恭介には、和装もとてもよく似合っていた。だが、その目はどこを見るでもなく、宙に向けられている。

こちらのことは、ちらりとも見ようとしなかった。

やがて、こちらもやはり紋付き袴の男が朱塗りの盃にのせた、屠蘇《とそ》器を持ってくる。三々九度の盃を交わすためのものだが、なんだかこの場だとそれはまるで、極道の義兄弟の契りのためのもののように、久留巳には感じられた。

そっと盃に口をつけ、儀式を済ませる久留巳の胸には、虚しさと悲しさばかりがこみ上げてくる。

しかしこの結婚に関しての絶望感は、この後にさらに倍増することになった。

挙式というより、組同士の結束のための儀式を終えた久留巳は、着替えのために用意された控室で、家族との別れを惜しんでいた。

「綺麗だったわよ、久留巳。白無垢《しろむく》がとってもよく似合って。あれならきっと恭介さんも、あんたのことを大事にしなきゃって思ってくれるわ」

「あ……ありがとう、お母さん」

紺色のワンピースに着替えた久留巳は、涙を湛《たた》えて喜んでいる母親に、そう言うしかなかった。

ふん、と背後で鼻を鳴らしたのは、兄の辰巳だ。

「恭介の野郎、俺の義理の弟になるってのにすかしやがって。少しは愛想ってもんを勉強したほうがいい。こんな可愛い嫁を貰《もら》って、にこりともしないとはどういう了見だ」

辰巳は久留巳と違ってはっきりとした顔立ちをしており、背も高い。

金髪のうえにピアスをしているため、和装があまり似合っていない辰巳だったが、それでも独特の迫力があった。

「お兄ちゃんより恭介さんのほうが、ずっと年上じゃないの。それに私は別に、気にしてないから」

日本家屋の屋敷は、襖《ふすま》で隣室と仕切られているだけだ。条願組の人間に聞かれては、と久留巳は慌ててフォローする。

「きっと恭介さんは疲れていたのよ。ただでさえ忙しいのに、式の準備もあったんだから」

懸命に言う久留巳に、辰巳はたちまち頰を緩ませる。

「お前は優しいなあ、久留巳。なあ母さん。今からでもどうにかならねえのかよ。こんな純情可憐《かれん》で天使みたいな俺の妹が、なんだって生贄《いけにえ》みてえに野蛮な狼のもとに嫁にやられちまうんだ」

美しく髪を結い上げた母親は、優しく品のいい顔立ちをしている。しかしその目がジロリと辰巳を睨《にら》んだ。

「いい加減にしな、辰巳」

母親の口調に怒りが混じると、兄はビクッとする。

「これからは、久留巳がこの家の一員になるんだよ。あんたのくだらない愚痴を誰かに聞かれたら、この子の立場が悪くなるかもしれないってことに、頭が回らないのかい」

「……わ、わかってる、そんなことは」

ちっ、と辰巳は舌打ちをして、袂《たもと》に手を入れた。

「ちょっと煙草《たばこ》、吸ってくる」

「ついでに頭を冷やしておいで」

母親は言って、ため息をつく。久留巳はその顔を見て、苦笑した。

「お兄ちゃんに悪気がないのは、わかってるから」

「悪気があったら、張り倒してるわよ」

母親の言葉に、ふふ、と久留巳は笑って、辰巳が出て行った廊下のほうを見る。

「お父さんは？」

「向こうの会長さんたちと話しこんでるよ。……お母さんも、ちょっと顔を出さなくちゃ。久留巳はここで休んでいなさい」

母親は言って、優しく久留巳の手を取った。

「もう今夜からは、恭介さんと新居で暮らすんだものね。まだ話し足りないわ。……待ってて。お母さん、すぐ戻ってくるから」

うん、と久留巳がうなずくと、母親は廊下へ出て行った。

座敷にひとりきりになると、久留巳は座布団に座ってため息をつく。

（すごく疲れた……。ずっと緊張していたし、恭介さんは作り物みたいに無表情だったし）

ぼんやりそんなことを考えていると、廊下から何人かの足音が聞こえてきた。

式には参列せず、外で待機していた若い衆らしく、乱暴な口調での会話が障了越しに聞こえてくる。

『もう若頭の嫁さんは新居に向かったのかな。そこで母親を見かけたが、ありゃあ肝の据わった女傑だなあ。さすが鬼丸組の姐《あね》さんって感じだ』

『しかし娘のほうは……こう言っちゃ悪いが、がっかりだったな……』

『まあな。……鬼丸の娘なら、さぞ芯の強い女だろうと思ったが』

自分の話をしている、と察して久留巳は顔を強張らせた。

『地味でパッとしねえな。平凡な会社員の女房向きだ』

『組同士の会合じゃ、姐さんたちが潤滑剤になって、上手いこと揉《も》め事を収めたりするもんだが、あれじゃ役に立たねえだろうなあ』

『組員同士が揉めたときに円満に収めるのも、姐さんの手腕なのにな。どうせびびって、なにも言えねえだろ』

聞きたくないと思っても、逆に久留巳の意識は障子の外に向かってしまう。

幹部たちはまだ行儀がいいが、若い者たちは血気盛んで本音がむき出しだ。

遠ざかっていく足音を聞きながら、式の前に警護していた組員たちに、値踏みするような目を向けられていたのを思い出す。

(私、やっぱり、がっかりされていたんだ……。恭介さんが可哀想ってみんな思ってるに違いないわ。こんな女、条願組にはいらない、って……)

久留巳の母親は一家の姉御として、組長の父親に勝るとも劣らないほど信頼され、頼りにされていた。自分が母親のようになれるとは、とても思えない。

実際、母親にそう訴えたときには、何事も慣れだからドンと構えなさい、と励まされたのだが、簡単に上手くいくものではないだろう。

「お母さんは美人だし、ハキハキとものを言う性格だもの。私とは違う。……ああ、結婚式が終わったばかりなのに、嫌なことばかり考えちゃう」

久留巳はぶんぶんと頭を振り、立ち上がった。ひとりきりでいるより、兄の愚痴でも聞きながら外の空気を吸おう、と廊下に通じる障子を開く。

と、ちょうどそのとき廊下の奥から、こちらに向かって歩いてくる女性がいた。

（……お式の前に、見た人だ。確か条願組の会長さんの娘さんだったはず……。美憂《みゆう》さん、だったかな。年は一緒くらいみたいだから、仲良くできたらいいんだけど）

思い出しながら、久留巳は軽く頭を下げる。

けれど華やかなピンクの振袖を着た美憂は、ずんずんと久留巳に近づいてくると、眼前でぴたりと足を止めた。そして結い上げた髪に光る飾りを揺らしつつ腕を組み、背の低い久留巳を見下ろすようにして口を開く。

「お式、ご苦労様。久留巳さん」

「このたびはわざわざお時間を作って列席してくださって、ありがとうございました！」

ぺこりと頭を下げ、思わず敬語を使ってしまった久留巳だったが、次に顔を上げたとき、さげすむような美憂の目を見て困惑する。

「わざわざってほどじゃないわよ、暇つぶし。パパの家も、パパがママに買ってくれたマンションも、ここから五分程度の距離にあるんだから。あんたも条願組の人間になるなら、上の地位にいる人間の所在地くらい、把握しておきなさいよね」

「は、はい。……あのう……なにかこちらに、落ち度でもありましたか？」

あまりに美憂の口調が攻撃的なので、知らずに非常識な態度でもとってしまったのだろうかと尋ねると、美憂はフンと鼻を鳴らした。

「別に。でもそうね。ある意味、あなたの存在自体が落ち度かも」

「え……？」

あまりにも喧嘩《けんか》を売る気満々の態度に、久留巳は怒るよりわけがわからず、ポカンとしてしまった。

美憂は心底バカにしたような表情と口調で、なおも言う。

「だってあんた、この組を背負っていく男の妻になれると、本気で思ってるの？」

「それは……ま、まだわかりませんが、努力するつもりです」

「努力！」

なにがおかしいのか、はは！　と美憂は投げやりに笑った。

「世の中努力しても、どうにもならないもんがあるでしょ。たとえばあんたの、その顔」

美憂は金と紫色のネイルで飾られた、長い人差し指をこちらに突き出す。

「地味でタヌキ顔で、いかにもいじめられっ子って感じ。体格もちんちくりんだし、声もぼそぼそ。そんな女、恭介さんにはちっとも似合わないわよ」

情けない話だが、いきなりこんな暴言を吐かれても、違う、と久留巳には反論できなかった。

まさに久留巳自身が自分に対し、そう思っているところがあったからだ。

黙って俯いていると、ますます美憂のほうは強気にしゃべり出す。

「はっきり言って、私のほうが恭介さんに釣り合ってる。そう思わない？」

美憂は自分の胸を手で押さえ、オレンジ色のルージュを引いた唇で、艶然と笑った。

「で、でも。……恭介さんと結婚したのは、私です！」

やっとのことで、久留巳はそう反撃する。

「恭介さんが条願組を背負っているように、私も鬼丸組のために、できることをするつもりです！　だ、だから、あなたにそんなことを言われる筋合いはありません！」

必死に言う久留巳だったが、人と言い合いなどほとんどしたことがないため、声は小さく弱々しかった。

美憂はにやにやと笑い、まるでカラスが生まれたての子猫を嬲《なぶ》っているような余裕の顔で、さらに久留巳を追い詰める。

「あのね。私は別に、いじめてるわけじゃないから勘違いしないでね。なーんにも知らないあんたが可哀想だから、忠告してあげてるのよ」

「……なにも知らない……？」

どういうことだろう、と眉を顰《ひそ》める久留巳に、勝ち誇ったように美憂は言う。

「あんたと結婚したって恭介さんにはね、女なんか、外に何人もいるのよ。まあはっきり言って、私もそのひとり」

そう言われて、久留巳は言葉を失った。

なにしろ自分は美憂と違い、恭介のことをなにも知らないのだ。

（結婚した相手なのに。他の女の人のほうが、私よりもずっと夫に近いところにいる……）

そう思うと、結婚生活に対するわずかな夢も希望も、すべてが完全に崩れていくのを久留巳は感じる。

恭介とはろくに会話も交わしていない。

好きか嫌いかと聞かれたら、まだどちらでもない。

それでも久留巳にとっては、初めて自分と関わりを持った肉親ではない異性だった。

ショックでほとんど放心状態になっていると、パタパタと足音が近づいてくる。

すぐに戻ると言っていた、久留巳の母親だった。

「鬼丸さん。このたびはおめでとうございます！」

気づいた美憂は、まるで別人のように明るい口調と笑顔を、そちらに向ける。

「あら。ええと、美憂さんだったわね。ありがとうございます。今日は会長さんと一緒にいらしてくれたの？」

「はい。久留巳さん、素敵な花嫁姿で、とっても羨ましかったです」

ぬけぬけと言う美憂のあまりの豹変《ひょうへん》ぶりに、久留巳は唖然《あぜん》としてしまう。

「きっと美憂さんもすぐよ。お綺麗だもの。これからうちの久留巳を、どうかよろしくお願いしますね」

美憂の本当の顔を知らない母親は、愛想よく対応する。

それでは、と行儀よくお辞儀をして去って行く美憂の後ろ姿を見送ってから、久留巳の様子に気づいて眉を寄せた。

「久留巳、どうしたの。顔色が悪いわよ」

「……ううん。なんでもない。やっぱり、くたびれたみたい」

久留巳は言って、微笑んでみせた。自分はもう、子供ではない。他の家に嫁いだ身として、母親に心配をかけたくなかったのだ。

(それにこれは、誰に言ってもどうにもならないことだもの。組のための、形だけの結婚。愛情なんか、期待したらいけない。恭介さんにも、はっきりそう言われた……)

母親にうながされるようにして控室に戻った久留巳は、衣桁《いこう》にかけられた豪華な白無垢の打掛をぼんやり見る。

父親がはりきって用意したそれは、金糸銀糸で鳳凰《ほうおう》が描かれた見事なものだったが、なんだか夢の抜け殻のように見えた。

（私の人生って、いったいなんなんだろう）

式や顔合わせのすべてが終わり、組の車で新居へ向かう途中、久留巳は後部座席で見るともなく窓の外に目をやりながら、そんなことを考えていた。

すでに日はとっぷりと暮れているが、新居のマンションは繁華街に近いため、街では同年代の若者たちが楽しそうに歩いている。

久留巳が着たことのない流行りの服。話したことのない内容。聴いたことのない歌。知らない遊び。そして手も握ったこともない異性との恋愛。

そんな、自分には縁のないキラキラとした楽しみが、世の中の同年代の若者たちには、溢《あふ》れているように見えた。

隣に座っている恭介にちらりと目をやると、相変わらずなにを考えているのかわからない、冷たい無表情をしている。

その整った横顔を見るうちに、最初は悲しくてしょんぼりしていた久留巳だが、だんだんとやりきれない思いが胸にこみ上げてきた。

（私は確かに、パッとしない女だけど。それでもずっと籠の中に閉じこめられてきて、結

婚して家を出ても、なにひとつ楽しいこともないまま生きていくなんて……そんなの納得できない）

久留巳は膝の上で、両手の拳をきゅっと握る。

（政略結婚したことには、今さら後悔はないわ。だってお父さんとお母さんの気持ちもわかるし、子供のころから私を護ってくれていた組員さんたちへの、恩返しにもなると思って決めたことだもの。私の人生には、他に選択肢がない。……だけど……だからって暗い顔をして、理不尽だとうじうじ嘆きながら、一生を終えるのはイヤ！）

唇を噛《か》み、久留巳は顔を上げる。

（わかったわ。形だけの結婚なら、それでもいい。私はその妻の立場を、自分なりに楽しもう。お料理もお洗濯も、条願組若頭の嫁として、徹底的にやってやるわよ！）

黒塗りの、いかにもな極道仕様の高級外車の後部座席で、久留巳はそう心に決めたのだった。

ふたりのために用意された新居は、恭介名義の低層の高級マンションで、やたらと広い。

久留巳の実家も大きいのだが、古い日本家屋だ。そのため、引っ越しのために先日初めてここに訪れたときには、人が住めそうなほどの玄関に、それだけで圧倒されそうになってしまった。

「おかえりなさいませ。夕飯のお支度はできております」

誰もいないと思っていた家の中から、思いがけず年配の家政婦が出てきて、久留巳はびっくりする。

「……今日は、飯《めし》はいらない」

恭介はそれだけ言うと、さっさと自室らしい部屋に入って行ってしまった。

着物に割烹着《かっぽうぎ》といういで立ちの、白髪をお団子頭にした丸顔の家政婦は、久留巳より十センチ以上低い位置にある小さな目でこちらを見上げる。

「初めまして、久留巳様。私は恭介様が幼少のころからお世話をしております、早川《はやかわ》と申します。よろしくお願いいたします」

「あっ、私こそ、よろしくお願いします。つ……妻の、久留巳です」

久留巳も頭を下げ返すと早川はうなずいた。

「久留巳様は、夕飯はどうされますか」

「……作ってくださったのに申し訳ないんですけれど、お腹が空いていなくて」

式のあと、限られた身内だけで改めて宴会ということになったのだ。

「そうでございますか。では、キッチンを片づけてから帰宅させていただきます。お風呂の支度もできておりますので、よろしければお使いください。明日は、七時に参ります」

来てもらう必要はないのに、と久留巳は思ったが、恭介にとっては違うのだろうと考え、なにも言わずにうなずいた。

自室としてあてがわれた十二畳の部屋に入り、ドアを閉めた久留巳はため息をつく。

ウォークインクローゼット付きの十二畳の洋室なのだが、人した量の服は持っていないし、洒落たドレッサーに並べる化粧品も持っていない。

部屋には小さなカフェテーブルと、セットになっているソファが二脚。それにダブルベッドが置かれていた。

いずれも白木で、ファブリックやカーテンは優しいミルクティーの色で統一されている。

誰の趣味で揃えてくれたのかは知らないが、可愛らしい内装は、ほんの少し久留巳の心を和ませてくれていたのだが。

（でも……広すぎて静かで、なんだか寂しい）

実家には両親と兄だけでなく、若い衆も大勢出入りしていた。

いかつい面々は怖くもあったが、それでもかなり賑《にぎ》やかだった。

久留巳はウォークインクローゼットの中で、部屋着として持ってきた木綿のワンピースに着替えながら考える。

（ひとりで暮らすなら、このクローゼットにだって住めそう。……だけど、違うわ。私は、ひとりじゃない。形だけでも、私は恭介さんの妻）

久留巳は車の中で考えていたことを、改めて思う。

（そして今夜は、新婚初夜だわ）

久留巳は自分に気合を入れようと、両手で頬を軽くパンと叩《たた》いた。

それから妻としてやるべきことを果たすべく、行動に移したのだった。


（ど、どうしよう……のぼせたみたい……）

バスルームに様子を見に行った久留巳は、濡《ぬ》れた床や漂うボディシャンプーの香りで、恭介がすでに入ったらしいことに気が付いた。

そこで気兼ねなく、全身を隅々まで磨き上げてから、寝そべることができるくらいに大きなバスタブに浸かり、さらに念のためもう一度ごしごしと身体をこすって、再びバスタブに入ってから今夜のことをあれこれ、延々と想像してしまった。

おかげで顔は真っ赤に火照り、汗はなかなか引かず、足もとはふらふらしている。

それでも固く決意をしていた久留巳は、着替えの下着とパジャマを取り出した。

新婚初夜のこのときのためにと心臓をバクバクさせながら、何時間も通販カタログを見て迷い、悩み抜いた挙句に購入した新品だ。

パジャマは白地に赤いチューリップ柄の可愛らしいもので、下着はお気に入りのクマちゃんシリーズの、ピンクに白いレースとリボンがついたものだ。

それらをかすかに震える手で身につけ終えると、久留巳は緊張しながら恭介の部屋のドアをノックした。

「恭介さん。まだ、起きていらっしゃいますか?」

ドア越しに言うと、怪訝《けげん》そうな声が返ってくる。

「起きているが、なにか用か」

「はい。入ってもいいですか?」

尋ねると、ドアが開いた。

「どうした。こんな時間に、なにか用か」

恭介も、すでにパジャマを着ていた。ダークグレイの光沢のある素材で、黒い縁取りがついた高級そうなものだ。

髪型がオールバックでなく、前髪が下りているせいか、先刻までより何歳か若くなったように見えた。

ちらりと見えた部屋の奥のテーブルには、バーボンのボトルが置いてあるから、ひとりで飲んでいたらしい。

シンプルでシックな部屋だった。

ベッドは久留巳の部屋のものよりも大きなキングサイズで、シーツなどのリネンは灰色、ベッドカバーは黒だ。

古い日本家屋だというのに、和室の畳にヒョウ柄の絨毯《じゅうたん》を敷いたり、床の間に金箔《きんぱく》を張った竜の置物を飾るような兄や父親の趣味からして、極道の部屋というのはギラギラごてごてとしたものだと思っていたのだが、恭介の趣味は洗練されているらしい。

「あ、あの。夫婦なのに、私たちはこれからずっと、別々に眠るのでしょうか」

「それがどうした」

恭介は冷たい目を向けるが、久留巳は負けじとその目を見つめ返した。

「そうだとしても、今夜は、その、ひ、ひとつのベッドで寝るべきだと思います。だって、形だけでも夫婦なので。つまり、新婚初夜ですから！」

男らしい眉を寄せ、困惑した顔をしていた恭介だったが、まじまじと久留巳を見て、ふいに納得したような表情になる。

「なるほど。……地味な装いとは裏腹に、男好きというわけか」

「えっ？」

小さく吐き捨てるような言葉を、久留巳は聞き取れなかったが、恭介は大きくドアを開いた。

「入れ。別に断る理由はないからな。一度くらい、味見をしてみるのも悪くない」

「は？　……あの、失礼します」

恭介の言っている意味はよくわからなかったが、それよりも部屋に入れてくれたことに、久留巳は安堵《あんど》していた。

久留巳の部屋とは違って、恭介の部屋には甘さがない。

間接照明が格好いいな、と室内を見回していた久留巳の左腕を、ふいに恭介がぐいとつかんだ。

「やるなら、さっさとやろう。明日は早い」

「――えっ」

きょとんとした久留巳にイラついたように、恭介は前髪をかき上げる。

「新婚初夜とやらを迎えたいんだろうが」

「あっ。は、はい！」

恭介に引っ張られるようにして、ベッドに倒れこんだ久留巳だったが、慌てて体勢を立て直した。そして髪を振り乱し、急いでベッドから下りる。

「……なにをしている」

「でっ、電気！　明るいと、恥ずかしいので」

スイッチを消し、今度はダッシュでベッドに戻った久留巳は、シーツの上に正座した。

そして両手を揃え、深く頭を下げると、緊張のあまりひっくり返った声で言う。

「ふっ、ふつつかものですが、よろしくお願いいたします！」

「そういうふうに振る舞えと、親に言われたのか？　お前も大変だな」

呆《あき》れたようにため息をつき、面倒くさそうに言った恭介は、再び久留巳の腕を引っ張る。

「あっ」

どさっと倒れこんだ小柄な久留巳の身体に、恭介が覆いかぶさってきた。

ふわっと甘い、コロンの香りが久留巳の鼻孔をくすぐる。

（い、いきなりこんなに、顔が近い……っ！　どうしよう、どんどん緊張してきた）

心臓が、胸を突き破って出てくるのではないかと思うくらい、大きく高鳴っている。

と、恭介が冷たい声で言った。

「随分とさかっているようだが、よほどの淫乱なのか。それとも薬でもやっているのか」

「えっ？　な、なんの話……」

内心、ひたすら焦って緊張のためにドキドキしている久留巳だったが、完全に恭介は誤解しているらしかった。

「頬は火照っているし、足元はおぼつかない。手首の脈も興奮状態だな。言っておくが、形だけとはいえ俺の妻になったからには、ここでドラッグは使わせない。それができないなら、叩き出す。どこでいつ、誰から入手した。正直に言え」

「誰から……なにを、入手……？」

なんの話だろう、と困惑している久留巳の顎に、大きな恭介の左手がかかった。

「まあいい。身体に聞けば、すぐにわかる」

はい？　と首を傾げようとしたそのとき、久留巳の唇が恭介の唇で塞がれた。

「んっ……！　ん、む……」

（キスだ……キスされてる、私の、ファーストキス……！）

久留巳がイメージしていたのは、優しく甘い、ロマンティックなくちづけだ。

けれど恭介は、ほとんど噛みつくようにして唇を奪ってくる。

他人の唇というのはこんなに熱っぽくて弾力があるのだと、久留巳は初めて知った。

「んんっ、ん……！」

わずかに開いた唇の隙間から、するりと熱い舌が入ってきた。

混乱している久留巳の口腔《こうこう》が、恭介の舌で満たされて、どうやって呼吸していいのかわからない。溺れてしまいそうだ、と久留巳は涙目になりながら、ときおり唇が離れた瞬間に、必死に酸素を吸う。

恭介の器用な舌は歯列をなぞり、顎の裏をくすぐり、久留巳の舌に触れてくる。

（なっ……なに、これ……っ、ど、どうしよう、どうするのが、正しいの？）

応じ方がわからない久留巳の小さな舌を、恭介は存分にむさぼった。

もう顎から手は離れているのに、久留巳が顔を背けようとしても、しっかりと舌を搦《から》めとられてどうにもならない。

唇と唇が触れ合う音と、はあはあと荒くなっていく互いの呼吸が絡まるうちに、久留巳の頭はぼうっとのぼせたようになっていく、きゅっ、ときつく舌を吸われ、初めての感覚に、ジンと頭の奥が痺《しび》れた。

「ん……んうっ……」

唇の端から、どちらのものともわからない唾液が零れ、顎まで伝う。

「んふっ、んっ……ん」

恥ずかしいから拭いたいと思うのに、久留巳の手にはほとんど力が入らなかった。

深いキスに翻弄されている間に、恭介の手がパジャマの裾から滑りこんでくる。

直接肌に触れてくる手のひらの感覚に、久留巳は身体を強張らせた。

「んんんっ！」

（駄目っ、駄目っ、そんなとこ触ったら……！）

必死に拒もうと身をよじる久留巳だったが、手にはまったく力が入らない。無骨な指が柔らかな胸のふくらみを滑り、胸の突起を刺激してくる。

びくん！　と大きく久留巳の身体が跳ねる。

「……っは、あっ、はあ、んんっ」

ようやく唇を解放され、必死に呼吸をする久留巳の身体を、ますます恭介は追い詰めていった。

指の腹が乳首の先端を、優しく、しかし執拗《しつよう》に撫でてくる。

「は……っ、ん、あ……んん」

なんでそんなふうに触られると、おかしな気持ちになるのかわからない。

久留巳は眉を寄せ、目を潤ませて、不安な気持ちで恭介を見た。

「もうこんなに、硬くしこらせて。いやらしいな」

嘲笑するように言われて、久留巳は恥ずかしさでどうにかなってしまいそうだった。

（こんなふうに感じるのは、私がいやらしいからなの？　普通はならないの？）

なにしろすべてが初めての経験で、久留巳は自分の身体の反応にうろたえるばかりだ。

ずっと羽毛で撫でるように触れていた乳首を、きゅう、と強くつままれて、軽い痛みと
「いっ……！　やっ……ああ」

同時に甘い痺れが襲ってくる。

きつく眉を寄せて耐えていた久留巳のパジャマのボタンに、恭介の指がかかった。

「あっ……だっ、駄目……っ」

抵抗しようにも、久留巳の手は震えるばかりで弛緩《しかん》したようになっている。

呆気《あっけ》なくパジャマを脱がされて、半裸の状態にされてしまった。

電気を消したとはいえ、非常灯の明かりがあるから、室内は真っ暗闇ということはない。

異性の前に肌をさらすなど、親族を除けば初めてのことだ。

「なにが駄目なんだ」

胸を両手で隠そうとする久留巳に、恭介は不服そうに言う。

「こんなに敏感な身体をして。さぞいろんな男たちを味わってきたんだろうが」

「やっ！　いや、ですっ……っ！」

両手首を軽々とつかまれて、恭介の眼前に久留巳の乳房がさらけ出された。

「どうして嫌がる。自慢できるサイズじゃないか」

カーッとますます久留巳は頬に熱を感じた。

久留巳は学生時代、「顔はタヌキのくせに胸は大きくて宝の持ち腐れ」などと陰口を叩かれ、それが嫌でいつも背中を猫背気味に丸めていたのだ。

（や、やっぱり変なんだ。私の身体……！）

悲しくてたまらないのに、大きな手のひらが包みこむように乳房に触れると、きゅんと下腹部が疼《うず》く感覚があった。

「んあ……っ！」

思わず鼻から抜けるような甘い声が出て、久留巳は自分の手で口を覆う。

「んっ、んっ、あっ、んんっ」

それでも恭介が優しく強く胸を揉みしだき始めると、とても抑えきれずに喘《あえ》いでしまう。

「……なかなか抱き甲斐《がい》のある身体だ」

恭介は言って、首筋に顔を埋めてきた。

ふわりと恭介の、紅茶のようなコロンと汗の入り混じった香りが、鼻孔に広がる。

これが男の匂いなんだ、と頭の隅で久留巳は思う。

「っ、あ……、やっ、あっ……！」

濡れた熱い舌が肌を滑り、軽く鎖骨を噛まれて、久留巳は甘い悲鳴を上げた。

そうしながらも豊かな乳房は、優しく揉みしだかれ続けている。

下腹部の疼きはますます大きくなり、熱を伴うようになっていた。

（なんなの、この感じ。私、どうなっちゃうの。怖い、おかしくなっちゃう……っ）

素肌を蹂躙《じゅうりん》される未知の感覚に、久留巳はもうパニックになりかけていた。

「もう、いや、あ……っ、そんなにっ、したら……っ」

「いやじゃないだろう」

傲慢に、恭介は言う。

「さっきからこんなに硬くして、尖《とが》らせているくせに」

言いながら、爪の先で強く突起の先端を刺激してきた。

「っあ、あんっ……駄目、えっ……！」

赤いキスマークをつけながら、胸元にまで、恭介は舌を滑らせてくる。

「はあ、んっ、や……っ、ああっ、ん……っ」

肌を強く吸われると、そのたびに久留巳は身体をくねらせ、身悶《みもだ》えた。

顔を上げた恭介が、笑いを含んだ声で言う。

「……いやらしい女だ」

またいやらしいと言われた。久留巳はほとんど半泣きになってしまう。

（そうなの？　わ、私の身体、どこかおかしいのかな。でも今までこんなことなかった。恭介さんが触るから、だからおかしくなるのよ。どうしてなのか、触られるとそこがジンって熱くなる。それに……）

「この調子だと、こっちはさぞ待ちわびてるんだろうな」

言いながら恭介が、パジャマの下に手を入れてきた。

「だっ、駄目っ！　絶対、駄目ですっ」

咄嗟《とっさ》に抵抗しようとした久留巳だが、恭介は強引に、パジャマのズボンも取り去ってしまった。下着の中に滑りこんできた指に、久留巳は慌てる。

なんだかさっきから、下腹部が極端に敏感になっていて、奇妙な感じがしているからだ。

「やっ、いやっ、いやですっ！」

「どうして。よろしくお願いしますとお前が言ったんだろうが」

「だって……あ……っ！」

一番触れて欲しくなかった部分を、恭介が探ろうとする。

そして柔らかな花びらの間にある芽に、その指先が触れた瞬間。

「――っ！」

ぬるっとぬめった感触と、脳天を突き抜けるような痺れを感じて、久留巳は大きく背を反らせた。

「やっぱり。もうこんなにぐしょ濡れじゃないか」

「えっ？　え……っ？　っあ、ああっ」

くちゅ、と粘着質な音がして、言われたとおり、そこが濡れていることがわかった。

（なんでっ？　なんでこんなふうになっちゃったの？）

うろたえつつも、恭介の指先がほんの少し動くたびに、ぴくんぴくんと大きく腰が揺れてしまう。

「ああんっ、あんっ、やっ、やあっ」

自分のものとは思えないような甘い声が、久留巳の口から漏れ続けている。

「もっと力を抜け。脚を閉じようとするな」

「そん、な、こと……っ」

無理、と久留巳は思ったが、恭介は下着を取り払われた脚の間に身体を入れてきた。

そうすると嫌でも大きく脚が割り開かれて、すべてが恭介の前にさらけ出されてしまう。

「あう……っ！」

花びらの中の小さな突起を、あやすように恭介が弄る。

「はっ、あっ、ああっ、あんっ」

そのわずかな動きに、びくんびくんと久留巳の腰が跳ね、内部からは蜜が溢れてくるのがわかった。

嫌なはずなのに、久留巳の下半身は恭介の指を求めるように、揺れ始めてしまっている。

「あ……あ、ああ……」

恥ずかしさに顔を覆いたいのに、もう手には力が入らない。

脚だって閉じたいが、腰から下が溶けたようになってしまっていた。

室内は薄暗いが、ベッドの下にはフロアランプがあり、真っ暗というわけではない。

自分の全裸も痴態も、なにもかも恭介に見られている。

（も、もう無理。恥ずかしすぎて、息ができなくなっちゃう）

羞恥でとても顔など見られない。目を逸らすと、恭介は不思議そうに言う。

「なにをそんなに恥ずかしがっている。俺は、慣れない女を無理に犯す趣味はない。演技なら、不要だ」

（違う。そんなんじゃない。……でも、恥ずかしがったら駄目なの？　もっと堂々としているべき？　どういう態度が正解なの？　こんなの、誰も教えてくれなかった）

なにもかも生まれて初めての体験で、久留巳が混乱状態になっているとは知らない恭介は、淡々とことを進めてきた。

「存分に準備できているようだし、もういいだろう」

言ってなんの躊躇《ちゅうちょ》もなく、自分もパジャマと下着を脱ぐ。

「え……？」

ほとんど放心状態の久留巳の両膝を抱えるようにして、恭介は腰を持ち上げてきた。

しなやかな筋肉のついた恭介の裸体に、久留巳は思わず見入ってしまう。

額にかかった艶やかな黒髪。汗とコロンの混ざった香。低く甘い声。

思わず見惚《みと》れていると、恭介は苦笑した。

「どうした。これが気になるのか」

「……えっ……？」

力の入らない久留巳の手を取り、恭介は自分のものに触れさせてくる。

久留巳の手の甲に自分の手を重ね、形をなぞるようにして動かし、久留巳はその張り詰めたものの大きさと硬度、そして熱さに目を丸くしてしまう。

（男の人のって、こんなふうになるの？　な、なんだか、別の生き物みたい……）

先端はつるりとしていたが、下の部分は木の幹のように血管でごつごつしている。

手を離して顔を上げると至近距離に、情欲に潤んだ恭介の目があった。

むせるような男の色気に、久留巳は身体が熱くなるのを感じたのだが。

「——っ……！」

ぐっ、と焼いた石のような硬く太いものを押し付けられ、久留巳は思わず身を竦《すく》ませる。

「おい。……どうした、力を抜け」

「はっ、はい……！　……いっ、んっ、う……！」

なにをされるのか悟った久留巳は、緊張で全身が強張ってしまう。

（男女がどうするかくらい、私だって知ってる。保健体育で習ったもの。だけど、こっ、こんな、こんなの無理……入らない……っ！）

「なんだ、なにを今さら焦らしてる」

無意識に逃れようとして、どんどんずり上がっていく久留巳の腰を、恭介は苛立ったようにしっかり抱えた。

（駄目。言われたとおり、ちゃんと力は抜いてるのに。……痛いっ、裂けちゃう……）

ぎゅっときつく目をつぶり、唇を噛みしめて耐えていると、ふいに圧迫感が消えた。

薄く目を開くと、驚いたような恭介の顔がある。

「まさかとは思うが。……もしかして、経験がないのか？」

ないのはよくないことなのだろうか、と久留巳は不安になったが、嘘《うそ》をつくわけにはいかなかった。

「は、はい。すみません……」

涙混じりの声で言うと、恭介は拍子抜けしたように、身体から力を抜いた。

「謝ることはないが、早く言え」

恭介は身を起こし、頭をかく。

そしてまだ呼吸が整わず、体内に残っている熱さに震えながら呆然《ぼうぜん》と横たわっている久留巳を、不思議なものを見るような目で見た。

先刻まで恭介から、オーラが立ち上るように発散されていたフェロモンは、潮が引くように消えている。

「でも、あの、ちゃんとやります！　できますから、最後までしてください！」

必死に言ったが、恭介にはもうその気はないらしい。

「いいから、着ろ」

先ほど脱がせた久留巳のパジャマを拾い、こちらに渡してくる。

（ああ……完全に、冷めちゃったっていう顔と声をしてる。そうだよね。ただでさえ不細工なのに、不慣れでヘタクソじゃ、したくないわよね）

泣きそうになるのを誤魔化すようにして、久留巳はパジャマに袖を通した。なんだかとても惨めな気分だったが、裸体を隠せたことには安堵した。

「……どういうことだ。恋愛経験がまったくないのか？」

自分もパジャマを着ながら問う恭介に、ようやく呼吸の落ち着いた久留巳はうなずいた。

「ないです……。学生時代、友達もほとんどいなかったので」

「だが、言い寄ってくる男はいくらでもいただろう？」

思いがけない問いに、久留巳は返事に困る。

「ま、まさか。いません、全然。……私はこんなだし……」

こんな？　と恭介は怪訝な顔をした。はっきりしない受け答えをしているせいで、苛立たせてしまうのではないかと、久留巳は慌てる。

だから自分で口にするのはつらかったが、正直に答えようと努めた。

「ええと、つまり私は……だ、ださいので。地味で、可愛くないですから」

「うん？　いや、お前は可愛いだろうが」

えっ、と久留巳は恭介を見た。

(今、かっ、可愛いって言った？　聞き間違い？)

ドキドキと心臓が大きく高鳴り始めたが、確かめる勇気が久留巳にはなかった。

(カワイイじゃなくて、カナシイ……ハガユイ……かも。あ、あんまり自惚《うぬぼ》れちゃ駄目よね。……だけどもし、可愛いって言ってくれたとしたらすごく……すごく嬉《うれ》しい)

だったらいいなと願いつつ、聞き間違いだったならその真実は知りたくない。久留巳は顔を赤くしつつ話題を戻す。

「と、とにかく男子どころか……女の子の友達も、いませんでした。家のことは、学校中に知れ渡っていましたから」

「なるほど。そうか、俺は男だから不良連中のボスにまつり上げられたりしたが、女となるとそういうこともないだろうな」

「はい。……誰も私を見ていなかった。私の親を怖がって、遠巻きにされていました」

話すうちにパジャマを着終えた久留巳は、上体を起こし、改めて恭介に頭を下げる。

「妻としての役目を果たせなくて、申し訳ないです」

「謝らなくていいと言っただろうが」

苛立ったような恭介の声に、ますます久留巳はしょんぼりする。

「だって……新婚初夜じゃないですか。大事な夜なのに……」

たとえ形だけであっても、妻として振る舞おう。それだけが生きる希望のように思えていた久留巳にとっては、第一段階でつまずいてしまったように感じていた。

「ウエディングドレスも着られなかったし……。一生に一回の夢くらい、叶えたかったのに。どうして私、なんでもこうなっちゃうのかな……」

思わずつぶやくと、恭介が聞きとがめる。

「──ドレスが着たかったのか?」

「は、はい。一度は着てみたかったんです。似合わないのはわかってるんですけど」

久留巳は自嘲ぎみに言って苦笑する。

「……別に、自分を卑下する必要はないだろう」

ぼそっと恭介は言った。そして、座っている久留巳の隣にごろりと横になる。

言った。


「もう、寝ろ。俺も寝る」

「あっ。……はい」

自分の部屋へ行くべきか、とベッドを下りようとした久留巳に、恭介がぶっきらぼうに言った。

「ここで寝ればいい。形だけでも、初夜なんだろうが」

少しは久留巳を可哀想だと思ってくれたのかもしれない。もしくは、単に眠くて面倒くさかったということもあるだろう。

けれど久留巳は、その言葉に救われたように感じ、素直にうなずいた。

「わかりました。そうします」

もぞもぞとブランケットに潜って目を閉じたが、なかなか寝つけない。

自己嫌悪と、これからの生活に対する不安が、考えないようにしようと思えば思うほど頭の中に浮かんできてしまう。

しかし眠れない理由は、それだけではなかった。

(恭介さん……もう、眠ったのかな)

薄目を開けて横を見ると、彫像のように整った横顔がある。

まつ毛が長く、鼻が高い。そして、寝息が漏れる唇の形が、とても綺麗だ。

(この唇が……さっき、私とキスしてそして……)

思い出すと、頬がカッと熱を持った。

父親や兄以外の異性と、こんなに長い時間一緒にいるのは初めてのことだ。

同じベッドの中で、触れるか触れないかの距離にいる、恭介の体温が感じられる。

コロンに混ざった、かすかな汗の匂い。

久留巳の胸には、緊張と憂鬱と羞恥が混ざった複雑な感情が渦を巻き、それから数時間、眠れずにいたのだった。

◆◆◆

「おはようございます！」

翌朝のダイニングキッチン。身体のラインのわからないゆったりしたワンピースに、白いエプロンをつけ、右側に寄せて髪の毛をひとつに結った久留巳は、泣き腫らしたような赤い目をして元気に挨拶してくる。

恭介はなんともいえない、複雑な気持ちになった。

「……なぜエプロンをしている」

「決まってるじゃないですか。朝ごはんを作ったからです」

にこにこしている久留巳の横で、いつも朝食を作っている早川が、困ったような顔でこちらを見ていた。

どうにもこの女は想定外のことばかりだ、と恭介は思う。

なにしろ昨晩は驚いた。確かに地味な娘だと思ってはいたが、未経験だとは考えはしなかった。

むしろ極道の家の女なのだから、あえて男をそそるために純情を装い、清楚《せいそ》な格好や髪型をしているのか、と思っていたくらいだ。

明け方近くにふと目が覚めたとき、久留巳の顔が間近にあったのだが、それが子猫のようで可愛らしく、つい抱き寄せて眠ってしまった。

定時に起きたときにはもうベッドにいなかったので、先に食事をしているのかと思ったら、味噌汁《みそしる》の匂いと共にエプロンをつけて現れたのだ。

「俺はいつも朝は、コーヒーとサラダだけなんだが」

「あっ……そうだったんですか。すみません、そういうことは、ちゃんと聞いておくべきでした」

笑ってそう言いはしたものの、久留巳はどこか悲しそうだった。

（俺は鬼丸組の……極道の娘ということで、自分と同じように人間不信の、色恋など性の捌《は》け口でしかない女だと勝手に思いこんでいた。もしかすると、鬼丸にシマの顧客の情報を流す可能性もあると疑っていたのに。まさか……一度も男と付き合った経験がなく、政

略結婚させられた……本人にはなんの野心も狡猾《こうかつ》さもない、ごく普通の……可愛い女だったとは）

そんな思いが、恭介の胸をかすめる。

「作ったなら、出せば食う」

ぼそっと言ってテーブルに着くと、久留巳はパッと表情を明るくした。

「それじゃ、残してもいいので、つまむだけでも」

嬉しそうに言って、いそいそと恭介の前に料理を並べる。

出てきたのは、焼き魚にカブの味噌汁、ほうれん草のお浸しという和風の定番だ。

どんな感想を言うだろう、という期待と不安の混ざった顔でじっとこちらを見ているので、どうにも食べにくい。

「お前も食え」

恭介の言葉に、久留巳は自分の皿を並べて、テーブルを挟んだ正面の椅子に座る。

その様子を見つつ、恭介は味噌汁を口にした。

（……美味《うま》い）

料亭の味とは別物だが、しっかりと出汁がとってあって、優しい味の味噌汁だった。

魚の焼き加減もいいが、なにより米の焚《た》き方が上手い。米粒が立っているし、艶々している。

炊飯器は同じはずだが、と考えながら茶碗《ちゃわん》を見ていると、その視線に気がついたのか久留巳が恐る恐る言う。

「あの。ご飯、土鍋で焚いてみたんです。たまに実家で焚いていて……私物の箱に入れて、こちらに送ってあったので。どうでしょう、美味《おい》しいですか……？」

「ああ。悪くない」

思わず箸が進む恭介を、安心したように見つめながら、久留巳も食事を始める。

男を知らない身体で、組のために嫁いできた女。早起きして美味い朝食を作る、極道一家のひとり娘。

（よくわからん。どういう女なんだ。良妻を装う演技なのか……？　いや、未経験なのは偽りようがないし、この素朴な雰囲気は演じて出せるものじゃないだろう）

まだ完全に信用したわけではないが、恭介は久留巳に興味を持った。

それはこれまで組の威光もあり、寄ってくる女に不自由したことのない恭介にとっては、初めての感覚だった。

「あの。こ、こういうのって、迷惑でしょうか」

おずおずと尋ねてくる久留巳に、いや、と恭介は顔を上げた。

「ただ俺には、物心ついたころから母親がいなかったからな。あまり家庭的な雰囲気に縁がなかった」

「……そうだったんですか……」

「親父はいろんな女に手を出して、ときには愛人として囲っていたようだが、金がかかりすぎるとぼやいていた。飽きては手切れ金を渡して追い出し、女も特に文句を言ってはいなかった。……祖父《じい》さんも同じようにしているからな。俺は女ってのは、そういうものと思っていた。金があれば一緒に暮らす女さえ買える」

「お金……ですか。ないよりは、あったほうがいいですけど」

久留巳は考えこみながら言う。

「でも、家族の団らんは、お金では買えませんよね……」

うん？　と恭介は難しい顔をして久留巳を見る。

「あっ、変なこと言ってごめんなさい。うちの母親は贅沢《ぜいたく》を好まなかったので、子供のころから食事は質素というか、堅実な感じでしたけど。それでも兄が騒いで、父がお説教をする家での食事は、賑やかで楽しかったので」

久留巳が必死に説明する状況を想像し、恭介は妙に和やかな気持ちになる。

「鬼丸組はそんな感じだったのか。うちは……殺伐としていたからな。飯は家政婦が作ってひとりで食っていた。母親がいたら欲も計算もなく、無償の愛情を与えてもらえたんだろうと想像すると、当たり前のようにそれを受け取っているやつが羨ましかったが」

熱心に話す久留巳につられて、つい言わなくていいことまで言ってしまった。

神妙に聞いていた久留巳は、目を潤ませている。

「そうだったんですか……。私は学校では寂しい思いもしたし、普通に外出できないことを嘆いてましたけど、家族からの愛情だけはたっぷり注いでもらっていました。恭介さんは……とても寂しかったんですね……。それでも組の重責を背負って頑張ってきて……。立派です。すごく偉いと思います！」

「――ガキのころの話だ」

頬を染めて一生懸命に言う久留巳に、照れくさくなった恭介は顔を背け、お代わり、と茶碗を差し出したのだった。


都心の雑居ビルの一室。

そこで開かれた会合に出席した恭介は、いかつい坊主頭の構成員による、組関係の店舗の経営報告を聞きながら、見るともなく窓の外に目を向けていた。

会議用の大きなテーブルを、いずれも堅気ではないむさくるしい男たちが、真面目くさった顔で囲んでいた。

「――というわけで、空きがようやく埋まりました。新宿《しんじゅく》店のビルはテナント料がでかいですから、これで一息つけるんじゃねえかと」

「そうか。ごくろう」

恭介が鷹揚《おうよう》にうなずくと、坊主頭の男は下がり、かわって三つ揃《ぞろ》いのスーツを着た別の男が立ち上がり、書類を手に報告を始めた。

「続いて、池袋《いけぶくろ》の雑居ビルについてですが。隣のビルが赤穂組のシマってことで、トラブルが頻発してます。まあ、呼びこみの下っ端の小競り合いですが、うちの組長としてはことを大きくしないよう慎重にと……」

結婚式で見たこの男は、久留巳の父親が組長を務める、鬼丸組の幹部だ。赤穂組に関係するトラブルは共有し合って対応にあたることにしている。

そのとき恭介の頭にふと、まったく関係ない考えがよぎる。

（もしあいつの様子が、演技でないとしたら……。いや）

今考えることではないだろう、と恭介は軽く頭を振る。仕事中に女のことを考えるなど、ありえないことだった。

だがしばらくすると、自然と頭の中に飾り気のないエプロン姿の新妻が浮かんでくる。

（恋愛をしたことがない、というのは本当かもしれない。そこまで簡単にだまされるほど俺は迂闊《うかつ》じゃないし、人を見る目にも自信がある。……俺も学生時代は女遊びはしたものの、まともに付き合うとなると難しかった。誰がどんな手段で、近づいてくるかもわからない。それは男でも同じだ。心を許せた相手はいない）

久留巳とは違い、恭介の背後に組がついていることを格好いいなどと言って、取り巻きのようになっている同級生はいた。

けれど彼らを相手に悩みを話したり、本音を打ち明けたことは一度としてない。

暴走族やクラブで溜《た》まって遊んでいる不良たちは、どこかの組の下っ端と繫《つな》がっていることが少なくなかった。

恭介が口を滑らせたことで、万が一にも組に損害を与えるなどという事態は、あってはならない。

そうではないごく普通の生徒たちには、白い目を向けられていた。久留巳が悪友たちと遊ぶタイプでなく、真面目な学生だったのだとしたら、自分よりも孤独な学生時代だったに違いない。

(部活で汗を流して、誰かを仲間だと思うことも……一緒に遊びに行って青春時代の思い出を作ることもなく。極道の家の跡継ぎというレールを、否応なく進むしかなかった。おとなしい性格の女だったら、それは俺以上につらい毎日だっただろう)

そしてついには結婚まで組に利用され、一度きりの人生が決定されてしまったのだ。

(キスも、男に触れることさえも、極道の俺が全部初めてか。……可哀想に)

昨晩の怯《おび》えた顔を思い出すと、罪悪感が生まれてくる。

重いため息をつくと、説明をしていた幹部が、ビクッと強面の顔を引きつらせる。

「なっ、なにか、気に障ることを申し上げたでしょうかっ」

「……いや。少し疲れているだけだ。続けろ」

恭介は命じ、再び物思いに耽《ふけ》っていく。

(可哀想だが、覚悟は決めていたようだったな。家のために、健気な娘だ。部屋のインテリアだけはそれなりに、女が好きそうなものを見繕っておいてよかった。しかし……)

今朝の久留巳が着ていた、身体のラインがわからないゆったりした茶色のワンピースと、髪をゴムで一つに結んだだけの姿を脳裏に描き、恭介は難しい顔つきになる。

それを見た幹部が、自分の説明が悪かったのかと思ったらしく、青くなって冷や汗を浮かべた。

(あの見た目は、もう少しなんとかならないのか。いや、見た目といっても目鼻立ちのことじゃない。寝顔はなかなか……いやかなり……愛らしかった)

思い出し、うん、と恭介はうなずく。

横目でこちらをうかがっていた幹部は、今度は恭介が自分の話に納得したのだと勘違いしたらしく、安心したように説明を再開した。

(スタイルも悪くない。肌も綺麗だった。だが、素材を生かせていないな。おそらく化粧慣れもしていないし、着飾ることに興味もなかったんだろう)

そんなところも、成人してから極道関係の派手な女たちとしか関わってこなかった恭介にとっては、新鮮で好ましいと思える。

（ごてごてと飾りつければいいってもんじゃないが、野暮ったいのは勿体《もったい》ない。そういえば式のとき、美憂になにか言われていたらしいと報告してきた若いのがいたな。人の妻に失礼な女だ。気に入りの愛人の娘だからと、会長が甘やかすからつけ上がる……。組の犠牲になって、嫁ぎ先でイヤミを言われて、その上俺は……）

『愛情が与えられるかもしれない、などと期待するなということだ。家庭というものにも興味はない。俺たちは組のための、形だけの夫婦だ。それを忘れるな』

自分で言った台詞を思い出し、恭介の胸はズキリと痛む。

（ウエディングドレスが、夢だったと言っていた。知らなかったとはいえ、着せてやることができなかった。いや、そもそもそんな希望があることさえ、確かめることもしなかった。自由のない家で育ったつらさは、俺もわかっていたはずなのに。妻にする女のことをまったく思いやらず、なにもかも一方的に押しつけて……俺はなにをしていたんだ。可哀想に、久留巳はあんなに可愛いのに）

そこまで考えて「なんだと？」と恭介は自分の内心での独白に驚いた。

思わず声に出してしまっていたせいで、室内がシンと静まり、凍りついている。

「わ、若頭！　やはりご不満がありましたでしょうか？」

「あ？　あー……なんでもない、こっちの話だ」

恭介は誤魔化して、野良犬を追い払うように軽く手を振って、話を進めろと示した。

（参ったな。どうしたんだ俺は。気がつけば、久留巳のことばかり考えている。……まあ、極道の家に生まれて不遇だったことに、俺ほど共感できる男はいないだろう。気の毒に思うのは確かだ。それに……うん。可愛いのも確かだからな）

いずれにしても、久留巳をあのまま放っておく気には、恭介はなれなかった。

（俺は今のままでも構わないが、会長の我儘娘にまたあれこれ言われたら久留巳が傷つく。……もう少し自信が持てるようにしてやりたい）

そう考えた恭介は、会合が終わると電話を手にした。

そして組のコネクションを使い、有名サロンとスタイリストに予約を取ったのだった。

◆◆◆

嫁いでから三日目の月曜日。

久留巳は恭介と、入籍のために区役所を訪れていた。

サインをして呆気ないくらい簡単に入籍が済むと、ふたりは車に戻る。

後部座席に恭介と並んで座りながら、久留巳は本当に人妻になったのだと実感していた。

けれどまだ本当の意味では、夫婦になれていないと久留巳は思う。

昨晩は恭介の帰宅が遅く、待っているうちに駄目だ駄目だと思いながらも居間のソファでうたた寝してしまい、気がついたら自室のベッドで朝を迎えたのだ。

(恭介さんに、もしかして運んでくれたんですかって聞いたら、すごく不機嫌そうに、そうだ、って言われてしまった……。ああ、みっともない。なにが形だけでも妻としての務めを頑張る、よ。私ったらまるで子供じゃないの)

でも、と久留巳はちらりと、恭介の横顔を盗み見る。

(だけど、怖く見えるけど恭介さんって……根は優しい人なのかもしれない。ちゃんと私を寝かせて毛布をかけてくれたし、朝だって一緒に食べてくれるし……)

この人の妻になったのだ。あの口とくちづけを交わしたのだ、と思い出すうちに、久留巳はひとりで赤くなっていた。

と、ふいに恭介が運転席に指示を出す。

「小田切《おだぎり》。ここから恵比寿《えびす》に向かってくれ」

「了解しました」

応じたのはまだ若い、恭介のボディガードを兼ねる運転手なのだという。

目元には喧嘩でできたらしい傷跡があったが、久留巳と最初に会ったときに、よろしくお願いしますと深々と頭を下げられた。

告げられた行先を耳にして、久留巳は不思議に思う。

「あのう。どこに行くんですか……？」

恭介は正面を向いたまま、むっつりと答えた。

「ブルー・ミレニアムヘア。聞いたことはないか」

「えっと……」

ヘアというからには、美容室だろうかと久留巳は考える。

「そういえば、広告を見た記憶があります。有名な人が経営している、ヘアサロン……だったような」

「お前はどうも、自分の容姿に興味がないらしいからな。少し手を入れさせてもらう」

「……はい。わかりました」

（ないのは興味じゃなくて、自信だけど。同じことかな）

久留巳は自分の結んだ長い髪の先に、そっと触れてみる。

（やっぱり私の見た目が、恭介さんには不愉快なんだ。そうだよね。普段、美女ばかり見ているんだろうし。兄さんと親しい女のひとも、みんな美人だったし……結婚式のとき、家に出入りしていた幹部の奥様たちも……美憂さんも、びっくりするくらい綺麗だった）

だから恭介は自分の妻である久留巳の容姿が恥ずかしく、改善させたいのだろう。

（どうにかなるなら、私だって綺麗になりたい。でも無理だから、鏡もなるべく見ないようにしてた。……そうしたら、夫になんとかしろ、って言われるほどひどくなっちゃってたってことかな。……ごめんなさい、恭介さん）

惨めさにしゅんとなっていた久留巳だったが、車が目的地に着いた途端、それどころではなくなってしまう。

というのも想像していた『美容室』などというにはほど遠い、大きく豪華な造りのヘアサロンだったからだ。

お待ちください、と通された待合室は半分が広いテラスで、まるでカフェバーのようだ。壁一面の窓の外には緑が広がり、リラクゼーション音楽がゆったりと流れている。

慣れない雰囲気に緊張していると、間もなくすらりとした美青年が入ってきた。

「条願久留巳様。お待たせいたしました。本日担当させていただきます、ヘアデザイナーの青井《あおい》と申します。用意ができましたので、こちらへ」

「えっ。わ、私だけ……行くんですか。……ですよね？」

「ああ。行ってこい」

それだけ言うと恭介は持ってきたノートパソコンを開き、なにやら仕事を始めている。

これからなにがどうなるのか、不安で仕方ない久留巳は何度も振り返りながら、おろおろと誘導する青年のあとに続いた。

「髪質が硬くて少しうねっているので、まとまらずに重い印象がありますね。上の部分はナチュラルなアイロンストレートをかけて、裾のほうはデジタルパーマでカールさせましようか。髪色はピンクブラウンがお似合いだと思いますよ」

「はっ、はいっ？　よくわからないですが、お任せします……」

大きな鏡越しに説明を受けても、久留巳には理解が追いつかない。

そもそも上がストレートで、下をカールさせるなどということができるのだろうか。茶色とピンクブラウンはどう違うのだろうか。

おそらく聞けば詳しく教えてくれるのだろうが、わかったところでどうにもならない。

（こんなにすごい立派なサロンで、髪の毛をセットしてくれるんだもの。私のセンスであれこれ口を出すより、任せてしまったほうがいいに決まってる。でも）

久留巳は鏡の中の、冴《さ》えない顔を見て嫌になってしまう。

（髪型だけ変えても、どうにもならない気もするけどなあ。それでも……ちょっとは綺麗になった、って恭介さんが思ってくれるといいけど……）

しかし青井とスタッフたちが変えたのは、久留巳の髪型だけではなかった。

メイクとネイルも同時に施され、すべてが終わるまでに四時間近くを費やしたのだった。

「条願様。こちらで仕上げとなりますが、いかがでしょうか」

長時間の施術に、うとうととしてしまっていた久留巳は、ハッと顔を上げた。

背後で青井がトレイほどの大きさの鏡を持ち、ヘアスタイルを後ろや横から映して見せてくれている。

「あっ、はい。……えっ……」

正面の鏡越しに後頭部を見て、それから改めて自分を見た久留巳は、目を真ん丸に見開いてしまった。

「こちらです、条願様」

ほぼ同時に背後のドアが開いて、そこから別のスタッフに誘導された恭介が入ってくる。

「……久留巳……？」

「恭介……さん……」

ふたりはポカンとして、一緒に鏡の中の久留巳を見つめ、しばし言葉を失う。

満面の笑顔で、青井が言った。

「どうでしょう。自画自賛になるかもしれませんが、土台からしてもともと可愛らしいお顔立ちではあったものの、髪型とメイクでその魅力を何倍にも引き出せたと思います。本当によくお似合いですよ」

久留巳は無言のまま、こくこくとうなずいた。

ふんわりと自然に毛先がカールした、柔らかな淡い栗色《くりいろ》の髪。それが縁取る、小さな顔。

一番変わったのは眉毛だったが、綺麗に形を整えて色を調整するだけで、こんなにまで顔の印象が違うものになるのかと驚いた。

メイクも決して派手ではないが、唇も肌も色素が薄いため、寂しかった顔がチークや口紅で一気に華やかになっている。

もともと久留巳の顔は各パーツが地味で、これといった特徴がないせいか、少し手を加えただけで驚くほど化粧映えがした。

「すごい……です！　青井さん、ありがとうございました！」

久留巳は嬉しさに頬を火照らせ、椅子から下りて青井に頭を下げる。

「なんだか私じゃないみたいに素敵にしていただいて、とても嬉しいです！」

ねっ、と思わず笑顔で恭介を見ると、目元がほのかに赤くなっていた。

「――なかなかいい」

それだけ言うと咳払《せきばら》いをして、視線を青井に向ける。

「ご苦労。また頼む。……行くぞ、久留巳」

背を向けてすたすたと歩き出した恭介のあとを、久留巳は慌てて追う。

「はいっ。青井さん、失礼します！」

「またのご来店を、お待ちしております」

にこやかに言って、青井とスタッフ一同はこちらに頭を下げた。

「こんな素敵なサロンに連れてきてくれて、ありがとうございました、恭介さん。随分待

たせてしまって……十一時くらいからでしたから、もう四時間近く経ってますよね」

車に戻った久留巳は、今度こそ帰宅するのだろうと思ったのだが。

「そうだな。腹が減った。……小田切。銀座《ぎんざ》で洋食を食う」

「了解しました」

どの店なのか、小田切はすべて心得ているらしい。

自分も妻としてそんなふうにならなくては、と思いながら、久留巳は膝のうえの自分の手を見る。

その爪は桜貝の色に染められて、パールと銀粉の縁取りで飾られていた。

（……こんなふうになるんだ。イチゴミルクみたい。キラキラして、可愛いなあ）

久留巳は自分の両手を広げて目の前にかざし、まじまじと見ながらにっこりする。

ふと視線を感じて隣を見ると、恭介がびっくりするほど優しい目をこちらに向けていて、思わず胸がドキンと大きく高鳴った。

けれどこちらが見ていることに気がつくと、なぜか急いで目を逸らしてしまう。

（なんだろう。今、いつもとは別人みたいな顔で私を見てくれてると思ったんだけど、気のせいかな。……だよね。勘違いしないようにしなくちゃ）

久留巳は綺麗にネイルされた爪を隠すように、ぎゅ、と手を握る。

（形だけの夫婦なんだから。調子に乗ってる私のことが、面白かったのかもしれないし）

その後、やはり久留巳には場違いのような洒落たレストランで遅いランチを済ませた。

今まで久留巳が外食するときは常に家族と一緒だったが、父親は昔から贔屓《ひいき》にしている老舗《しにせ》を利用することがほとんどで、こんなお洒落な今どきの人気店というものには無縁だった。

広い店内は白一色の内装で、壁に飾られた絵画の額装にだけは金があしらわれている。丸いテーブル席は隣との間隔が広く、ゆったりとした造りになっていた。

久留巳は緊張しつつメニューを手にしたが、見慣れない料理名ばかりでよくわからない。焦っていると正面に座った恭介が、ちらりとこちらを見て言った。

「……苦手なものと好きなものを教えろ」

「えっ。……あ。あの……苦手なのは、ピーマンが少し……食べられないほどではないんですけど。す、好きなのは、貝とか、焼いたお魚です」

わかった、と答えると、恭介がコース料理を注文する。

しばらくして出てきたのは、久留巳が見たこともないような料理ばかりだった。

（ホタテのラメル……？　ラメルってなんだろう。……お、美味しいっ。削いだホタテに、生姜《しょうが》風味のソースがすごくよく合う……。こっちは……鮭《さけ》かな？　これも美味しい！　生の身をタルタルと合わせたみたいだけど、もっと複雑な味。スープもコクがあって、玉ねぎの甘さをチーズがすごく引き立ててる……）

いずれも大きな皿に一口で食べられるくらいの少量の料理がのせられ、付け合わせの品やソースで見た目が美しく飾られている。

なるべくフォークとナイフの音を立てないよう気をつけつつ、久留巳は黙々と美味しい料理を口にした。

しかし途中、ふと目を上げるとじっと恭介がこちらを見ていて、口の中のものが喉に詰まりそうになってしまう。

「な……なにか私、おかしいでしょうか」

マナー違反でもしたのかと思ったが、珍しく穏やかな恭介の表情からして、そうではないらしい。

「……いや。好物を与えられた猫みたいだなと」

「ええっ。が、がっついてるみたいに見えましたか？」

「一心不乱に食ってると思っただけだ」

ふいと恭介は顔を背け、近寄ってきた給仕に目を向ける。

「そら、魚がきた」

「失礼いたします。甘鯛《あまだい》の鱗焼《うろこや》き、ソースはアンチョビバターになっております」

こちらもまた、美味しかった。身はほっくりと焼き上がり、皮はサクサクしている。

（初めて食べるものばかり。量が少しずつだから、いくらでも食べられそう）

が、なぜかだんだんと恭介が難しい顔になり、周囲に睨みをきかせてピリピリし始めたので、こちらも警戒してしまう。

「もしかして、怪しい人でもいるんですか？」

思わずきょろきょろと周囲を見回して尋ねた久留巳に、恭介は不機嫌そうに答える。

「……まあ、そうだ。あの給仕もあっちの席の客も、いくら可愛いからって遠慮なく見やがって。俺の……」

なぜか途中で声は小さくなり、口の中で消えてしまった。

久留巳はすっかり困惑して、それ以上の質問をやめる。

（お料理のせいで機嫌が悪くなったんじゃないわよね。こんなに美味しいんだもの。……じゃあ、私が原因？　あんな素敵なサロンでお金をかけたのに、それでもこの程度か、ってがっかりしてるのかな。なによ、仕方ないじゃない。好きでこの顔に生まれたんじゃないもの）

チョコレート色のソースがかかった和牛のステーキを小さく切り分けながら、久留巳は少し悲しい気持ちになってしまった。

ランチが終わると、今度は代官山《だいかんやま》のファッションブランドの店に連れていかれた。

ヨーロッパのお城のような外観の、三階建ての大きな店舗で、観音開きの窓に見立てたショーウィンドウに、シックなコートをまとったマネキンがポーズをとっている。

中に入ると壁際に小さな棚がずらりと並んでおり、様々な大きさの可愛らしいバッグが展示されていた。

床は大理石張りで、天井に吊《つ》るされた小さなスポットライトの光を反射している。

スーツに身を固めた上品な店員が、満面の笑みで近づいてきた。

「いらっしゃいませ。本日はなにかお探しのものはございますか」

「……彼女のトータルコーディネートを頼む」

恭介が言うと、ますます店員の笑みは晴れやかなものになった。

「お任せください。それでは、まずお洋服から選びましょうか。どうぞ、こちらへ」

(アクセサリーや靴も置いてるのね。……店内のソファは売ってるのかしら。飾りなのかな)

久留巳がきょろきょろしながらついて行くと、店員は二階へと上がっていく。

最新作を陳列するスペースのようだ。壁に大型モニターがはめこまれ、画面上でモデルが様々なポーズをとっている。

スーツなどの定番商品が並んでいるコーナーは、シックな木目の内装になっていた。

久留巳が誘導されたのは毛足の長い絨毯の敷かれたスペースだ。甘い色味のワンピースやブラウスが展示されている。

久留巳が売り物かと気になったソファはここにもあり、客が座って靴を試着したり、荷物を置いてくつろいでもいいらしい。

「お綺麗な方ですから、なにをお召しになられてもお似合いになりますよ。こちらのブラック、落ち着いた深い赤。どちらもお肌が白いから大変映えますし」

言いながら店員は、久留巳の顎の下にカットソーやブラウスをかざしてみせる。

「そんなことはわかっている。なんでもいいが、気安く妻に触れるな」

「あっ、こ、これは失礼いたしました」

歯の浮くようなお世辞に苛立ったのか、恭介はここでも無愛想だった。

（着たことのないような服ばかり。店員さんは褒めてくれるけど、それを真に受けるほど単純じゃないわ。恭介さんだって、いい加減にしろと思ってるんじゃないかしら。もっさりタヌキには、目立たない地味な服でちょうどいいのに）

久留巳は子供のころから試着が苦手だった。

自分を検分されることが恥ずかしかったし、なにを着ても似合わないのに、と卑屈な気持ちになってしまうからだ。

久留巳が表情を曇らせて立ち尽くしていると、恭介が周囲のポールに吊るされている服を、サッ、サッと数枚手にして戻ってくる。

それを久留巳の前にかざしてみて、納得したように言った。

「うん。思ったとおりだ。こっちと……これもいい。着てみろ」

「は、はい」

いいんですか？　と尋ねるように店員を見ると、ほくほくした顔で試着室へ案内してくれた。

（試着室も広いんだわ。ちゃんと椅子もあるし……なんだかすごいお店。お洋服も高そう……大丈夫かな。爪にひっかけて傷でもつけたら大変）

久留巳は緊張しつつ、恭介が持ってきた水色のワンピースに袖を通す。

それは上半身がとてもぴったりフィットしたノースリーブのデザインで、ウエストから下はふわりと広がっていている。光沢のある厚めの生地と、鎖骨が綺麗に見えるボートネックのせいか、子供っぽさはない。

（素敵なワンピースだけど、私がこんなの着ていいの？　どこかおかしくないかな）

顔を赤くしていると、試着室のドアがノックされる。

「お客様。いかがでしょうか」

久留巳は焦って、はいっ、とひっくり返った声で返事をし、ドアを開いた。

「あ……あの、着てみました」

どうですか？　と思いながら上目遣いに恭介を見ると、つかつかとこちらに近づいてくる。そして、なぜか目元を赤くして言った。

「なかなか、似合っている。……が」

くい、と恭介の指がそっと、久留巳の顎にかけられて上を向かせた。

「顔を上げて背筋を伸ばせ。姿勢が悪い」

「はいっ！」

久留巳はますます顔を赤くして、ぴしっと気をつけの姿勢を取る。

「……リラックスしろ。おどおどするなと言っているんだ」

「は、はい……っ」

言われてますます委縮してしまう久留巳の耳元に、恭介は唇を寄せて囁《ささや》いた。

「そのほうが、お前の身体が綺麗に見える」

「――えっ」

言われたことのない台詞に、久留巳の頭の中は真っ白になってしまった。

恭介はさらに、別の服も勧めてくる。

「フレアもいいが、タイトなシルエットも似合いそうだな」

「それでしたら、ぜひおすすめしたい商品がございます！」

「持ってきてくれ。それと、このワンピースに合わせる羽織りものもだ」

次々に恭介は、久留巳に似合いそうな服を持ってこさせては、身体にあてがっていく。

久留巳は混乱しながらも試着を繰り返し披露し、恭介は飽きることなくコーディネートの指示を出した。

ようやく服を選び終えてホッとしソファに座っていると、しげしげとこちらを見ながら恭介が言う。

「ワンピースはそのまま着て帰れ。次はバッグと靴、アクセサリーだ」

「そ、そんなにですか……」

自分が手にしても豚に真珠、タヌキに小判なのに、と思いつつ他のフロアに行って靴を選び始めると、なぜか妙に人の視線をあちこちから感じた。

「ねえ見て。あのワンピースいいわね、今シーズンのでしょ？」

「あら本当、ディスプレイされてたのと同じ。着てる人が綺麗だから余計に素敵に見えるのよ。……買ってもらったのかしら。あんな美人にならプレゼントしがいがありそう」

「美人は得よね、羨ましい」

確かにそうだなと、通りすがりの女性客の会話を耳にして久留巳は思う。

（どの人のことか知らないけど、学校でも美人さんは、男子に優しくしてもらってたもの。私は空気というか、虫みたいな存在だったと思うけど）

嫌なことを思い出し、久留巳はぶんぶんと頭を振った。

「……どうした？」

「あっ、いいえ、ちょっと虫がいたもので」

不思議そうに恭介に尋ねられ、久留巳は慌てて誤魔化した。

その後、靴はシンプルなパンプスを色違いで三足と、ローファーを二足。

バッグも使いやすい大きさのハンドバッグとショルダーバッグを、それぞれ二色ずつ買った。

「イヤリングはシルバーより、ゴールドがいいな。それに真珠も似合う」

もうなにを選んでいいかわからなくなってきていた久留巳の耳の近くの髪を、恭介の指がそっとかき上げてくる。

「あ、んっ……！」

ひやりと冷たいイヤリングと、恭介の指先の感触に、久留巳はドキリとして身を竦めた。

思わず声が出てしまって唇を押さえると、恭介がなんとも言えない顔をしてこちらをじっと見つめてくる。

「ご、ごめんなさい。冷たかったので」

「ああ……そうか。驚かせて悪かった」

コホンと咳払いをして顔を背けた恭介の耳が、なぜか赤い。

それを見て久留巳も赤くなり、どぎまぎしてしまったのだった。

（どれもこれも素敵なこと尽くしだったはずなのに……なんだか頭が追いつかなくて、眩《め》

暈《まい》がしそう）

帰宅した久留巳は、大量の服を空っぽに近かったウォークインクローゼットに仕舞いつつ、なんだかふらふらしてしまっていた。

場違いな高級店で不慣れな試着をしたからというだけでなく、人間というのは服と化粧と髪型で、ここまで変わるのかという衝撃も大きかった。

恭介が久留巳に選んだブランドの服の数々は、これまで父親が買っていた子供のお出かけ着っぽいものとは違い、洗練された大人の女性という雰囲気のものだった。

上半身がぴったりして身体のラインが出るものが多いが、決して下品ではない。

（同じワンピースなのに、お父さんが買ってくれてたものと全然違う。すごくすっきりしてシンプルで、女性らしいのにかっこいい服というか……。ヒールも履いたことなかったけど、おとなっぽく見えるなあ）

最後に試着した服を着たまま帰ってきた自分の姿を、大きな鏡の前で久留巳は眺める。

髪型と化粧のせいもあり、まるで別人のように思えたが、長年自分に自信が持てなかった久留巳の自己評価は、そう簡単には上がらない。

（……うーん。前よりは、随分ましになったと思うんだけどな……。ちょっとは、綺麗になれた……よね？）

考えながら久留巳は少しだけ、モデルのようにポーズをとってみた。が、すぐに両手で顔を覆う。

（なんてああもう、私ったらバカみたい！　自分でやっておいて、恥ずかしくなってきちゃった！）

久留巳はひとりで真っ赤になりながら、急いで服を脱ぎ始める。

そしてこれだけは以前と変わらずはいている、お気に入りのクマちゃんパンツを目にして、なんだか安心したのだった。

◆◆◆

恭介は、書斎のデスクで今日一日のことを振り返りつつ、ぼんやりしていた。

久留巳が容姿に構っていないことはわかっていたが、ここまで変化するとは思っていなかったのだ。

「鬼丸の親父、箱入りどころかガチガチに檻《おり》に閉じこめて久留巳を育てたんだな」

組員が撮影した挙式のときの動画を見て、恭介は考える。

このときの寂しそうな顔も、ベッドでの久留巳のうろたえぶりも、すべて本音で演技ではなかったのだと今なら思えた。

（俺も人を見る目はあるつもりだ。今日何時間も付き合って、それで確信した。あいつは……自分の魅力にまったく気がついていない。むしろ、自信がなくて卑屈になっているくらいだ。……あの調子じゃ男をだますどころか、恋愛の駆け引き一つ知らないだろう。そんな久留巳に……おそらく、生涯俺以外の男を知らないであろう女に、俺は愛情など期待するなと言ってしまった）

もともと恭介は、小柄で小動物的な女性が好みのタイプだ。

そういう意味では久留巳はまさに好みのど真ん中ストライクなのだが、それだけではない。

（女としての幸せを拒絶されて、幸せな家庭も望めないと知ってなお、あいつは俺の妻としての人生をまっとうしようとしている。並みの女にはできない覚悟だ。ちょっと小突かれたら吹っ飛びそうにか弱く見えるくせに、家族のために腹をくくって、俺のために美味い朝飯を作って……）

「――健気で可愛い」

ぽろっと想いが口をついて出た。

誰も見ていないのに、恭介は思わず自分の口を右手で覆う。

（くそ。久留巳と一緒にいるようになってから、俺はどうかしている。しかし、畑で拾った素朴な子ダヌキみたいだった女が、洗ってみたらスコティッシュフォールド……いや、それよりノルウェージャン・フォレストキャット……ソマリも捨てがたい……か、それく

らいの美猫だったというか。いや、子狸のままでも充分……クソ、なにを言ってるんだ俺は）

恭介は軽く頭を振って自嘲する。

（久留巳が綺麗になっていくたびに、他の人間があいつを見ていることにさえ苛ついた。店員だろうが試着の手伝いだろうが、男があいつに触るなんて言語同断だ。……初めてだ、女に対してこんなにまで独占欲が湧いたのは）

外出の間中、恭介が難しい顔をしていたのは、久留巳に見惚れる男の視線に対する敵意と、急に蛹《さなぎ》から蝶《ちょう》に羽化したように美しくなった妻にどぎまぎしていたからだった。

だが、そんな自分の態度のせいか、せっかく綺麗になったのに寂しそうな瞳だけは変わらなかった妻に対して、胸が痛くなってくる。

（参ったな。こんなとき、どうすればいい。真面目な女との恋愛は、俺も経験値が低い。気の利いた優しい言葉なんてのは、俺は知らない）

恭介はその日、なかなか寝付けずにいた。

ひとりのベッドが、妙に寂しい。先日抱きしめて眠った愛らしい久留巳の寝顔が、何度も脳裏をよぎった。

そして翌日。あまり眠れないまま事務所に向かった恭介の、悩んだ末にクマを作った恐ろしい形相は、なにか不手際があったのではないかと強面の組員たちを恐怖に陥れたのだった。

「……少し、話があるんだが」

帰宅した恭介は、夕飯が並べられたテーブルを挟んで座っている久留巳に、そう切り出した。

なにを言われるのだろう、と怯えた顔でビクッとされてしまったのが少々悲しい。

と同時に、やはり可愛いなと思ってしまう。

「次の休日、出かけたいと思っている。どこか、行きたいところはないか」

「えっ。私の行きたいところ……ですか。恭介さんのご予定は？」

「ない。つまり、あれだ」

恭介は照れ隠しで視線を逸らし、ポテトサラダの皿を引き寄せつつ言う。

「形だけでも、夫婦だからな。デートの真似事くらいするべきだろう」

「ええと、そ、そうですよね。やっぱり、周りの目もありますし、真似事くらいはしなくちゃですよね」

こくこくと久留巳はうなずき、白米をぱくりと口に入れる。

今夜の夕飯は、手捏《てご》ねハンバーグをメインに、付け合わせのポテトサラダと人参のグラッセまで、すべて久留巳の手作りらしい。

帰宅したとき、ふわっと自身を包んだバターの香り、キッチンから響く包丁の音に、詐欺と暴力の絡んだ仕事の話で殺伐としていた恭介の心は、一気に和んだ。

そしてエプロン姿で甲斐甲斐しくテーブルに皿を並べる久留巳の姿に、知らなかった優しい家庭の空気を感じた。

「でもあの。すみません、私、デートに向いている場所とか、よくわからないんです。だから、行先は恭介さんにお任せします」

「そうか。なら、考えておく」

恭介が言うと、久留巳はうなずいて、人参に箸を伸ばす。

赤い人参を小さな唇の口でかじる様子が、どうにも可愛らしいと思ってうっかり見つめてしまった恭介に、久留巳は首をかしげる。

「なにか、変ですか?」

「いや、別に」

「……味付け、もっと濃いほうがいいとか、辛いのが好きだとか、なにか希望があったら言ってくださいね」

わかった、と恭介は平静を装ってうなずいたが、内心では動揺していた。

(駄目だ俺は。本格的にどうにかなっちまってる。人参を食ってるのが可愛くて見惚れていた、なんて言えるか。……しかし、美味いな)

恭介は心の中で考え事をしつつ、表面がカリッとして、中から肉汁が溢れ出るハンバーグを堪能する。最近はレストランなどでも煮こみハンバーグが主流だが、こちらのほうが好みだ。

久留巳は小食らしく、皿にのっている分量はとても少ない。

先に食べ終えると立っていって、お茶を淹《い》れ始めた。

エプロンをしているその背中を眺めながら、恭介は確信する。

(自分に嘘はつけない。いつの間にか俺は……家のせいで偏見にさらされ、自信を失い……親しい友人も恋人も持てず世の中から隔絶されたまま生きてきて、若者らしい遊びも知らず、今は一生懸命に極道の妻の役目を果たそうとしている久留巳を……たまらなく可愛いと思うようになっている。……守ってやりたい。俺が一生)

「どうぞ。お茶です」

皿を下げて湯呑を置いた細い手首を、恭介はそっと握った。

「今夜は、俺の部屋で寝ろ」

低い声で囁くと、久留巳は真っ赤になった。そして、こくりとうなずいた。

◆◆◆

昨日、丸一日かけて髪型から靴までコーディネイトされた久留巳は、やはり恭介は自分の容姿に不満があったのだろう、と思った。

だが、我ながら容姿の変わりぶりの激しさに驚いたので、綺麗になる努力を怠っていたのだと痛感し、素直にありがたいとも感じていた。

（それに、デートにも誘ってくれたし……こっ、今夜は……同じ部屋で、って……）

皿を洗いながら、久留巳の首から上はぼーっと熱くなっていく。

「……美味かった。ごちそうさま。……風呂に入る」

食事を終え、キッチンから出て行く恭介の後ろ姿を見送りながら、久留巳の胸はドキドキと大きく高鳴り始めた。

（美味かった、って言ってくれた。……ああ、なにを喜んでるの、私ったら。あの人には、他にも親しい女性がいる。私との関係は、形だけってわかってる。……でも私には、生涯あの人以外に男性と付き合う可能性なんてないんだもの。……妻の役目をやり遂げると決めたからには、今日こそ完遂してみせる！）

久留巳はキッチン洗剤で泡だらけの手を、ぐっと握りしめる。

そして皿をすべて洗い終えると、意を決して自室に戻り、着替えの下着を用意して、バスルームへと向かった。

摺《す》りガラスのドアの向こうから、シャワーの音が聞こえる脱衣所で、久留巳は部屋着を脱いで、バスタオルを胸から腰が隠れるように巻いた。

（あっ、開けるわよ……いいわね、久留巳！）

心の中で励ますように言い、震える手でドアノブをつかんだ。

そして、失礼します、と声をかけてドアを開く。

一歩バスルームへ足を踏み入れると、紅茶のようなボディソープの香りが、湯気と一緒に久留巳を包む。

「なんだ、どうした」

ちょうどシャワーを浴び終えたらしき恭介が、驚いたようにこちらを振り向く。

細身だが、しっかりと筋肉のついた身体。額の髪から滴り落ちる雫《しずく》。

久留巳はまだシャワーすら浴びていないのに、のぼせたような顔になりながら、口を開いた。

「おっ、お背中、流そうと思って！」

緊張してひっくり返った声で言うと、恭介はまじまじと久留巳を見た。

その視線が、ふっと和む。

「……そんなに気負うな。男のことを、なにも知らないんだろう？」

「は？　ええと、いいえ、父と兄のことは知っているので。まったくなにもということは」

「その答えがつまり、なにも知らないってことだ」

恭介は言って、久留巳の頬にそっと右手の甲で触れ、撫でるように滑らせる。

「どうしてそんな、無粋な格好をしてる」

「え……っ？」

「バスタオルを取れ。俺はもう身体を洗い終えた。俺がお前を洗ってやる」

「えっ、えっ？　あっ……！」

恭介は、さっと久留巳のバスタオルを取り払ってしまった。

そしてドアを開けて放り出し、久留巳の手を取って自分のほうへと引き寄せる。

そうして器用にもう片方の手でボディソープの泡を取り、久留巳の背中から腰のラインに、たっぷりと塗りつけていく。

「んっ、やっ、恭介さん……っ」

「なにが嫌だ。ほら、ちゃんと立ってろ」

ボディソープをまとった恭介の手のひらが、久留巳の身体の形を確かめようとするかのように、全身をくまなく滑っていく。

「あっ……！」

背後に回った恭介の濡れた身体が、ぴたりと密着した。

熱い吐息が耳をかすめたかと思うと、背中からするりと筋肉質の硬い腕が回されてくる。

「んん……っ、あっ」

そして思うさま豊かな乳房を、ぬるついた手でまさぐり始めた。

「はあっ、ん……っ、いやぁ……んっ」

自分でも驚くような甘い声が、唇から漏れてしまった。バスルームの中で反響し、久留巳は恥ずかしさでどうにかなりそうだと思う。

それに正面には大きな鏡があり、背後から鏡越しに久留巳の全身を見る恭介の視線が、痛いほど感じられた。

「これくらいで、もう足がふらつくのか」

耳元で、低い声で囁かれるだけで、久留巳はくらくらしてしまう。

「だ、だって……っ」

「こんなに、ここを硬くしこらせて」

「っああ！」

きゅ、と胸の突起をつままれて、久留巳は喉を反らせる。

「これで本当に男を知らないのか。……まだ信じられないな」

言いながら恭介の片方の手が、久留巳の下腹部に下りていく。

「あっ、あっ……駄目ぇ……っ！」

必死に恭介の腕を押さえるが、ろくに力が入らない。

それに久留巳の膝を横に開くように、恭介は自分の片方の脚を入れてきて、閉じられないようにしてしまう。

二本の指が花びらを開き、くちゅ、といやらしい音をさせて快感の芯を弄られ、久留巳の身体はぴくん！　と大きく跳ねた。

「やっ、やあっ、ああ、ん……っ！」

泡のついた手で、乳房と下腹部をまさぐられて、久留巳は身体をのけ反らせるようにして喘ぎ続ける。

快感でわけがわからなくなってしまいそうだったが、背後の腰の辺りに、燃えるように熱いものが押しつけられているのを感じる。

「駄目……っ、駄目、いや……っ」

（なんなの、これ。こんな感じ、知らない……！　電気が流れて、身体が飛んでいっちゃう……っ！）

次の瞬間、声も出ないほどの激しい快楽に、久留巳の目の前は真っ白になった。

「っああ……！」

びくびくっ！　と大きく跳ねた身体を、背後からしっかりと恭介が抱きしめてくる。

「……可哀想なくらい、敏感な身体だな」

囁いて、泡だらけの身体を支えながら、シャワーの湯をかける。

久留巳はほとんどなにも考えられず、呆然としてされるがままになっていた。

そうして泡が綺麗に流されると、恭介は久留巳を抱えるようにして脱衣所に出て、ざっとバスタオルで身体を包んで拭いてくれる。

我に返った久留巳は、自分でやれます、と言おうとしたのだがその前に、恭介にひょいと横抱きにされた。

そして、なにをするのかとあわあわしている間に、そのまま恭介の部屋に担ぎこまれてしまう。

「あ……っ」

一糸まとわぬ姿でベッドに横たえられ、久留巳は息を呑む。

その上に覆いかぶさってきた恭介のものが、完全に屹立《きつりつ》していたからだ。

もうすでに頭はのぼせそうに熱いし、苦しいくらいに心臓が激しく高鳴っていた。

「……怖いか、久留巳」

言って恭介は、久留巳の上に身体を重ねてくる。

お互いから同じ石鹸《せっけん》の香りがするのが、なんだか不思議だった。

(不思議。こんなにドキドキして、おかしくなっちゃいそうなのに、恭介さんに触れていると、安心してくる)

がっしりとした骨格をしなやかな筋肉が覆っている。

久留巳はそれを受け入れるように、震える腕を恭介の背に伸ばした。

「怖く、ないです」

じっと恭介の目を見つめて首を左右に振ると、鋭い恭介の視線が緩んだ。

そして、ゆっくりと唇が重ねられる。

「ん……んむ……っ」

ぬる、と恭介の熱い舌が入ってくる。初めてのときは溺れているようにパニックになってしまったが、久留巳は懸命に応えようと、自らもその舌に舌を絡ませた。

（いやらしい女だと思われるかもしれない。でも、止められない……！）

混ざり合って溢れる唾液を、恭介はときおり舐《な》め取るようにしながら、何度も唇を求めてくる。そうしながら互いの両手は、相手の身体を手のひらで探ろうとするかのように、忙しなくまさぐった。

（なんて広い背中なの。それに、細身のスーツだとわからないけれど、胸板がすごく厚い……同じ人間なのに、こんなに違うのね）

奪うように夢中で舌を吸い合ううちに、呼吸が荒くなっていく。

この前与えられた快感が、また恭介の指によってもたらされるのだと想像すると、それだけで久留巳の下腹部は熱くなっていた。

久留巳が真っ赤な顔で、ふうふうと息継ぎをすると、恭介は欲情に潤んだ瞳でかすかに笑った。

「っあ！　……んっ、ん……ああっ」

脚の間に滑らされた指が、久留巳の濡れた部分を押し広げ、優しく強く刺激を与えてくる。開かれた花弁をぬるぬると指の腹が往復するだけで、久留巳は早くもはあはあと肩で息をし始めていた。

「ああ……っ！　だっ、駄目、そこ……っ」

熱くなった芽の部分を、きゅ、と恭介の指先が執拗に弄る。

「あっ、あっ、もっ、ああん……っ！」

びくびくっ、と身体が震えたのと同時に、ぬうっ、と長い恭介の中指が、体内に挿入されていく。

「――ッ！」

久留巳は声にならない悲鳴を上げ、恭介の肩にしがみつくようにしてつかまった。

「っあ、はあ……っ、あ」

興奮と熱で潤んだ瞳で見上げると、恭介が驚いたような顔をしている。

「いったのか？　久留巳」

「え……？　わっ、わから……っ、あ、ああ」

自分が達したのかどうかもわからず、動揺している久留巳に、恭介は微笑んだ。

「……どうしようもなく可愛いな、久留巳は」

体内に挿入した指で、恭介は狭い肉壁をそっとこじ開けるようにしながら、久留巳の首に、胸にくちづけを落とした。

くちゅ、ちゅ、といやらしい音が室内に響く。

「痛くないか……？」

「っ、は、い……っ、んっ、んんっ」

「だろうな。……もうすっかり、とろとろになって……指を呑みこんでいく」

「あ……っ！　あっ、そこ……っ！」

ぐっ、と内壁の一点を強く押された瞬間、甘く強烈な痺れが久留巳を襲った。

「久留巳のいいところは、ここか？」

「はっ、あっ、あっ、ああんっ」

久留巳はシーツをつかみ、問いにまともに答えられないほど身悶えた。

自分の痴態が恥ずかしいという気持ちすら、もうどこかへ飛んでいってしまっている。

と、ゆっくりと指が引き抜かれ、恭介は久留巳の両膝を抱えるようにして持ち上げる。

（ああ……全部、見えちゃう……！）

恭介の視線を痛いほど花弁に感じ、羞恥でおかしくなりそうなのに、ますます蜜は溢れてしまう。

恭介は久留巳の脚の間に身体を入れながら、ため息と共につぶやくように言った。

「悪いが、限界だ……」

「え……っ？」

指の代わりにもっと太い、灼熱《しゃくねつ》の塊が押しつけられる。

朦朧《もうろう》としながら聞き返した久留巳の腰を抱え、恭介はゆっくりと腰を進めてきた。

「っは、あ……っ！」

（入ってくる。恭介さんが……！）

たっぷりと愛撫され、とろとろに解されている場所なのに、初めて男のものを受け入れるそこは不慣れで狭い。

「んっ、ん……あっ、あああ！」

身体が引き裂かれてしまうような痛みと同時に、猛烈な快感が下腹部からせり上がってきた。

その大波に呑みこまれそうになり、久留巳は背をしならせる。

「いっ、痛……っああ……いい、気持ち、い……っ！」

「久留巳……！」

「——っ……！」

ぐうっ、と太い男根が抉《えぐ》るように体内に挿入されてきて、久留巳は悲鳴を上げようとしたが声が出ない。頬から涙が転がり落ち、ガクガクと脚が震えた。

「っは……はあっ、あ、あっ……！」

その身体を、恭介がしっかりと抱きしめてくる。

(怖い……怖いっ、身体が、壊れちゃう……っ！)

それでも久留巳は、逃げようとはしなかった。恐怖を与えているのは恭介なのに、逆にその身体にすがりつくように手を回す。

「恭介さ……、っ、っあ……ああ」

深々と、根本まで自身を埋めこんだ恭介は、満足そうに息をついた。

そして久留巳の髪を優しく撫で、耳元で言う。

「……全部、入った。つらいか」

「へ……い、き……っ」

久留巳が涙を溜めた目で必死に言うと、ちゅ、とついばむように恭介がキスしてくる。

そうして、枕元に投げ出されていた久留巳の手に触れ、両方とも指を絡めてしっかりと握ってきた。

そうするともう怖さはなくなり、不思議なほどの幸福感が、久留巳の胸を満たす。

今にも飛びそうな意識の中、至近距離で見ると恭介のまつ毛が長いことに、久留巳は気がついた。

逞《たく》しいがごついわけではなく、バランスよく長い恭介の首筋に汗が流れるのを見て、綺麗だ、と思う。

（……あんなに怖いと思っていたのに。……なんて優しい目をするんだろう……）

狭い体内にぎちぎちに埋めこまれ、脈打っている恭介のものの存在を感じながら、はぁはぁと必死に呼吸しつつそんなことを思っていると、ゆっくりと恭介は再び腰を使い出す。

「痛かったら、言え」

こくりと久留巳は素直にうなずいたが、もうなぜか痛みはなかった。

「っあ……っ、んっ、ああっ」

痛みどころか恭介が腰を動かすたびに、下腹部から快楽が湧き上がってくる。

「あーっ、ああっ、あう……っ」

ぬうっ、ぬうっ、と久留巳のいいところを恭介の先端が、狙うようにこすり、抉ってくる。そのたびに久留巳の喉から、甘い嬌声《きょうせい》が上がった。

内腿《うちもも》が滴る蜜でぬるぬるになっていて、より恭介と密着しているのを感じる。

（駄目っ、こんなにされたら……っ！　腰から下が、みんな溶けちゃう……！）

あまりの快感に久留巳の身体は弛緩し、もう恭介のなすがままだった。

深く浅く貫かれ、口腔を貪られ、久留巳は恍惚《こうこつ》としてくる。

「いやっ……駄目ぇ……っい、いいっ……ああっ」

イヤなのかいいのか、自分でももうわけがわからない。

最奥を突かれると、甘い痺れが全身を貫いた。

「あんっ！　あっ、やぁ……っ」

無意識に体内の恭介を締めつけてしまい、その刺激に腰がビクッと跳ねる。

そんな久留巳を見て、恭介は欲情に赤くなった瞳を細くして微笑んだ。

「気持ちいいか、久留巳。俺もだ。……初めてだ、こんな感覚は」

「恭介さん……っ、あぁっ、あっ、は……っあああ！」

痺れるような快感が、次から次へと久留巳を襲ってきて、もうなにも考えられない。

そして、恭介が引き締まった身体をぶるっと大きく震わせたとき、久留巳は体内に熱いものが、どっと吐き出されるのを感じたのだった。


久留巳が目を覚ましたのは、明け方だった。

カーテンの隙間からわずかに差しこむ、まだのぼりきっていない太陽の明るさが、隣で眠る恭介の横顔を映し出す。

間近で見るその顔は、なんだかとても懐かしく思えた。

けれどなぜか同時に、知らない人のようでもあった。

（前髪が下がってるせいか、普段よりずっと若く見える……。唇の形がすごく綺麗……）

この唇と、何度もくちづけをしたのだと思い出すと、久留巳の頬がカッと熱くなる。

昨晩、ことが済んでほとんど呆然自失していた久留巳を、恭介は再びバスルームに抱えていき、汗と他のものでぬるついた身体を綺麗に洗ってくれた。

（喉が渇いてないか、ってお水を持ってきてくれた。優しくて……びっくりした……）

男に抱かれるとはこういうことなのだ、と昨晩久留巳は身をもって知った。

信じられないくらいの快感だった。全身がとろけてしまうかと思った。

恭介の寝顔を見つめていると、胸がまた高鳴ってしまいそうになる。

でも、と久留巳は胸の上で、両手をきゅっと握った。

（私は、初めてだったけれど。恭介さんは……こういうことを、いろんな女の人としてるのよね。平然と、なんの抵抗もなく誰とでも）

そう考えると、ふわふわとした甘い気持ちは、一気に重たい憂鬱となる。

久留巳はそんな複雑な思いを抱えて寝たふりをしたまま、恭介が目覚めるのを待ったのだった。

「あの、久留巳さん。お洗濯もお掃除も、私の仕事ですので。どうぞ、お部屋でくつろいていてください」

「でも、くつろぐって、とっても退屈なんです。早川さんが休憩して、テレビでも観ていてください」

恭介が事務所に向かったあと、久留巳はせっせと家事に精を出していた。

家政婦の早川は、仕事がないと嘆いているのだが、解雇するわけではないのだから、休憩時間が延びたと思ってもらえればいい。

なにもしていないと時間が経つのがとても遅いし、久留巳は掃除も洗濯も好きだ。

そうして困惑している早川を横目に、掃除機をかけていたのだが。

『……可哀想なくらい、敏感な身体だな』

ふいに昨夜の恭介の言葉が脳裏に蘇り、はわっ、と久留巳はコードレスの掃除機を、手から取り落としてしまった。

「どうかされましたか、久留巳さん！」

驚いたように駆け寄ってくる早川に、久留巳はぶんぶんと首を左右に振った。

「ど、どうもしません、ごめんなさい」

「お顔が随分、赤いようですけれど。もしや、お熱が」

「あっ、いえっ、全然！　な、なんだか、暑いなあって」

「……そうですか？　今日は窓を開けていると、肌寒いくらいですけれど」

「寒くないですよ？　早川さんこそ風邪気味なんじゃないですか？」

うふふ、と笑顔で誤魔化しつつ、久留巳は再び掃除機をかけ始める。

実は今日は朝からずっとこの調子だった。

普段とらない無理な姿勢を強いられたせいか、身体のあちこちが筋肉痛なのだが、その痛みにすら胸がきゅんとなる。

（キスって……あんなふうにするんだ。でも不思議よね。なんで唇と唇を重ねたら、気持ちがいいのかな。……恭介さんの手……大きかった）

「あのう。久留巳さん」

（肩幅が広くて、胸板が厚くて、それで声がすごく、なんていうか、おっ、男の色気があるっていうか）

「久留巳さん！」

耳元で早川に大声を出され、久留巳は飛び上がりそうになる。

「はっ、はいっ？」

「何度も何度も、ずーっと同じところばかり掃除機をかけていたら、床に傷がついてしまうのではないかと」

どうやら考え事に浸りながら、立ち止まって同じ動作を繰り返していたらしい。

「あっ……ああっ、そ、そうですよね。ちょっとここに、なかなか取れないゴミがあったものですから！」

久留巳は慌てて掃除機のスイッチを切り、洗濯に取りかかるべく、リビングから逃げるように出た。

そして早川の目の届かない洗濯機の前で、はああと大きなため息をつく。

「なにやってるんだろう、私。これは恋でも愛でもないのに」

自分でも、それを肝に銘じているつもりだったではないか。

久留巳は顔を上げ、ぱん、と両手で自分の顔を軽く挟むようにして叩いた。

「私たちは、お互いに義務で夫婦になったのよ。形だけ、形だけ！」

改めて自分にそう言い聞かせながら、久留巳は洗濯機のスイッチを入れた。


正午になるとダイニングキッチンで、早川の作ったお昼ご飯を一緒に食べた。

どうしても昼食だけは作らせてくれ、そうでないとお給料をもらうのが忍びない、と早川が言うので、仕方なくまかせることにしたのだ。

ただ、同じテーブルで食事をするのは立場が違うから、と遠慮する早川に、それではこちらが気を遣うと久留巳が説得をした。

さすがに年季の入った早川の料理は美味しく、久留巳はその腕前に感心してしまう。

「でも、お夕飯は私に作らせてくださいね。そうだ、その前にスーパーにお買い物に行きたいんですけど……」

久留巳の言葉に、早川は自作の豚汁にむせ、吐き出しそうになる。

「ゴホッ、スッ、スーパーにお買い物？　おひとりで？　駄目です、そんなこと！」

「あ。やっぱりそうでしたか」

もしかして、条願組ほどの規模と力があれば、スーパーくらいは行けるのではないかと思ったが、やはり難しいようだ。

落胆する久留巳を後目に、早川は布巾でテーブルを拭きながら言う。

「昨今、赤穂組はおふたりの結婚によって、こちらの勢力が拡大したということで気が立っているようですからね。どうしてもお出かけになりたいなら、事務所から若い衆をお呼びになって、ボディガードを同行させないと」

人の好さそうな丸い顔に、真剣な表情を浮かべて忠告する早川に、久留巳は素直にうなずいた。

「わかりました、以前より難しい状況なんですね。あきらめます」

（そうよね。……形だけでも、いい奥さんになってやる、ってはりきっていたけれど。極道の家の人間であることは変わらない。できることは、限られてるんだわ……）

早川は、しゅんとした久留巳の様子を見て、慰めるように言う。

「ご不便もあると思いますが、なんでも私が買ってまいりますので、言いつけてください。

それに事前に恭介様にお話しして、車を手配していただいてお供をつければ、どこへでも外出できると思いますよ」

励ましてくれる早川の優しさに、久留巳は気を取り直した。

「ありがとうございます。……次のお休みには、恭介さんと一緒に出かける予定もあるんです」

「そうですか。それはようございました」

嬉しそうに言って、早川はうなずく。いい人だな、と久留巳は思った。

そのときリビングの電話が鳴り、早川がサッと立ち上がる。

なにかしら、と思いながら食べ終えた食器を片付けていると、間もなく早川はダイニングキッチンへと戻ってきた。

「久留巳様。恭介様からのお電話で、お託《ことづけ》があります」

久留巳はむろん携帯電話を所持しているが、恭介とは連絡を取り合ったことがないので、お互いに番号を知らない。だから家の電話にかけてきたのだろう。

恭介、という名前を聞くだけで、久留巳の胸は高鳴る。

「恭介さんから？　なんでしょうか？」

「実は条願組の本宅で、久重《ひさしげ》様……組長さんが、お腰を痛められたそうで。お迎えの車を手配したので、お見舞いがてら様子を見てきて欲しいとのことです」

「まあ、組長さんが。わかりました、参ります！」

久留巳の脳裏に、どことなく恭介に似ている、彫りは深いが厳めしく、眉間に深い皺《しわ》が一本刻まれた顔が浮かんだ。

「見舞いのお品は、こちらに来る途中で恭介様の配下の方が購入されるそうですので。久留巳様はお支度を終えたら、駐車場に向かってください」

てきぱきと早川に指示されて、久留巳は自室のクローゼットに向かう。

そして慣れないながらも、先日覚えたばかりの化粧をし、店で勧められたコーディネイトの服一式を身につけた。

（恭介さんに、恥をかかせないようにしなくちゃ。綺麗にするのも、妻の務めだもの）

玄関の大きな姿見で自分を点検してから、久留巳はエレベーターに乗って、駐車場へと急いだ。

恭介の愛車はドイツ製のセダンだが、組の車は国産の大型ワゴン車だ。

いつも恭介のボディガードをしている小田切の運転で、久留巳は恭介の実家へと向かった。

連絡がいっているらしく、大きな木の門が開き、出迎えの若い衆が数人立っている。

何人かはスーツ姿だが、下っ端らしき若い衆はジャージを着ていた。

黒いノースリーブのフィット＆フレアのロングワンピースに、七分袖のベージュのカーディガンを羽織った久留巳が少し緊張しつつ車を降りると、サッと歩み出たひとりが久留巳のハンドバッグを持ち、他の男たちは頭を下げる。

「お待ちしておりました、姐さん」

義務的に言った荷物持ちの男だったが、久留巳の顔を見上げてなぜかぴたりと動きを止めた。

他の組員たちも頭を上げてから、どういうわけかポカンとしてこちらを凝視している。

それは玄関先の松の木にとまっていた小鳥が、チチッと鳴いて飛び立ったのをきっかけに全員揃って我に返るまで、たっぷり一分間続いた。

大柄のいかつい面々に穴が開くほど眺められ、久留巳はその場に硬直してしまう。

「あ……あの。どうかしましたか」

おろおろして尋ねると、荷物持ちの男はうろたえたように言った。

「いっ、いえ。失礼いたしました！　こ、こちらへ」

言いながら玄関のほうへ久留巳を誘導し、つまずいて一度転びそうになり、なぜか赤い顔をして横開きの扉を開く。

「姐さんがお見えになりましたっ！」

ひっくり返った声で言ってから、どうぞ中へ！　と三和土《たたき》のほうへ手のひらを上に向けて手を伸ばす。

「お、おい、久留巳さん……だよな？」

「ああ、すっかり垢抜けて見違えたな。髪型を変えたからか？」

「いや、もともとぺっぴんさんだっただろうが！　お前らの目は節穴か」

玄関に入ると、外にいた組員たちが、なにやらざわついているのがわかる。久留巳はますます緊張してきてしまった。

（な、なんだろう。嫌だな、またなにか言われてる）

「お邪魔します……」

屋敷内に入ってからも、その不思議なざわめきは続いた。

迎えてくれたり、すれ違ったりした組員のすべてが、まずはぱかんと目と口を丸くして、次にそのまま久留巳をじっと見つめてくるのだ。

（なにをそんなに見てるの？　私のお化粧、ヘタだったかな）

組長と会う前に、化粧直しをしたいと思ったが、到着していきなり洗面所に行くのは失礼だろう。そう考え、ちらちらと窓ガラスに映る自分の顔を見つつ、久留巳は案内された組長の寝室へ入った。

「……失礼します、久留巳です。お加減は、いかがですか」

恭介の父である久重は、だだっ広い座敷に置かれたキングサイズのベッドで、横向きになって本を読んでいた。

「おお、わざわざすまんな……」

久留巳の声に本を閉じてこちらを見ると、やはり組員たちと同様に久留巳を凝視した。

それから、恭介に似た鋭い目の下を、なぜかポッと赤くする。

「少し見ないうちに、妙に綺麗になられたな、久留巳さん。いやいやもう、私の娘だから、あえて久留巳と呼ばせてもらおうか」

「は、はい。お腰を痛めたと聞きましたが」

「ぎっくり腰でな。大したことはないが、仰向けで寝られんのが厄介だ。しかし、こんな美女の前で醜態をさらして、お恥ずかしい」

言いながら久重は、寝ていて乱れた白髪交じりの髪を、しきりに手でなでつけ始める。

それから久留巳にお茶を運んできた組員に、上機嫌で言う。

「誰か走らせて、千万堂《せんまんどう》のきみしぐれと生菓子、買ってこさせろ。それと、私を起こして、座らせてくれ」

「えっ、でも組長、座ると痛いのでは」

「せっかく久留巳が来てくれたんだぞ！　美味い菓子を食って、ゆっくり茶を飲んでもらえば、こっちも目の保養ができるってもんだ」

はっはっは、と豪快に久重は笑い、久留巳は苦笑する。

（なんだかよくわからないけれど、お元気そうでよかった）

それから一時間ばかり、久重の世間話に付き合ってから、久留巳は部屋をあとにした。部屋から廊下に出ると、来たときに案内してくれた組員が待っていて、今度は玄関へと送ってくれる。

（……広いお屋敷だなあ）

以前にも来たのだが、あのときは挙式のことで頭がいっぱいで、あまりじっくりと屋敷内を眺めてはいなかった。内装が豪華なのはもちろんだが、どこもかしこも完璧なまでに塵《ちり》一つなく掃除され、廊下や柱の隅々まで磨きこまれているのを見て、組員たちが組長の久重と若頭の恭介のもと、いかに厳しく躾《しつ》けられているのかが感じられた。

久留巳は感心しながら、鳳凰が描かれた衝立が飾られた玄関で靴を履く。

と、誰かが背後から歩いてくる足音が聞こえた。

「あっ、美憂さん」

「お客さんが来てるって聞いたんだけど、もしかしてタヌキさんかしらと思って。もう帰るの？」

組員が呼んだ美憂という名前とその声に、久留巳はビクッとする。

『地味でタヌキ顔で、いかにもいじめられっ子って感じ。体格もちんちくりんだし、声もぼそぼそ。そんな女、恭介さんにはちっとも似合わないわよ』

この家で挙式当日にひどいことを言われたのを、今も忘れてはいない。

だがここで逃げるわけにもいかず、久留巳は渋々振り向いた。

「……組長さんが、腰を傷めたとうかがったので、お見舞いにまいりました」

またなにか痛烈な嫌みを言われるだろうと覚悟したのだが、そうはならなかった。

美憂までもが他の組員たち同様に、ポカンとした顔で久留巳を見つめたのだ。

しかし組員たちとは違い、なぜかその顔には苛立ちと怒りの表情が浮かんでくる。

「あ……あらそう。私もお見舞いに来たんだけど。……なによ、それ。髪なんか染めて。急に色気づいちゃって」

はい？　と久留巳はゆるくカールされた自分の毛先を見る。

「髪を染めるのは、色気づく……ってことなんですか」

「そうよ、なんのつもりなの？　結婚したんだから、前にもまして地味にもっさりしてればいいじゃない。組員をたぶらかす気？」

どうやらなにかが気にくわないようなのだが、久留巳には意味がわからない。

「そんな気、あるわけないじゃないですか。それに、この髪型は恭介さんが美容サロンに連れて行ってくれたので……」

恭介、と言った瞬間びりっと美憂の額に、青筋が走った。

「なにそれ。自慢になってないんですけど」

（自慢なんてしてないし……）

まったく会話にならず、久留巳はひたすら困惑する。

「み、美憂さん。どうか穏便に」

玄関に案内してくれた組員が、慌てたようにとりなそうとするが、美憂は虫でも見るような目を向けた。

「あんた。下っ端のくせに、誰に口きいてんの」

申し訳ありません！　と組員は即座に謝って縮こまる。

あの、と思わず久留巳は組員をかばうように言った。

「私になにか落ち度があったなら、謝りますから。組員の方にもご迷惑になりますし、これで失礼して、よろしいですか？」

「……この前も言ったけどさ」

美憂は言いながら、スリッパのまま玄関に下り、久留巳の正面に立つ。

「あんたの存在そのものが落ち度なんだってば」

美憂は挑むように言い放つと、久留巳の足元から頭の上までを、じろじろと眺めた。

そして、唇を笑った形に歪《ゆが》ませ、組員に聞こえないよう小声で久留巳に囁く。

「調子に乗らないように教えてあげるね。その髪型も化粧も、そっくりな人、私知ってるのよ」

「……え……？」

「恭介さんには何人も女がいるって、前に言ったでしょ。その中の昔の女のひとり。つまり、恭介さんの元カノの身代わりにされてんのよ、あんたは」

それを聞いた瞬間、サーッと頭から血の気が引く音がした。

（そうなの？　恭介さん。そういうことなの……？）

顔を強張らせた久留巳に、美憂は追い打ちをかけてくる。

「――それにそのブランドのワンピはね、あんたみたいなタヌキ顔には似合わないのよ。だっさいセンス！　選んだバカ店員の顔が見たいわ！」

このワンピースを選んだのは、店員ではない。恭介だ。

たとえ誰かの身代わりなのだとしても、生まれて初めて異性に選んでもらい、贈られた服なのだ。カッとこれまで感じたことのない怒りが、久留巳の身体の奥底から、火の塊のように湧き上がってくる。

「私のほうが似合うから、ちょうだいよ。そのほうが服も喜ぶでしょ」

美憂がにやにやと笑いながら久留巳のカーディガンを引っ張るように、肩に手をかけたそのとき。

バシッ！　と久留巳は思いきりその手を払いのけた。

「いたっ！　なにすんのよ、私を誰だと……っ」

眉を吊り上げて怒鳴りかけた美憂だったが、声はふいに小さくなり、そのまま口の中で消えてしまった。

久留巳はなにも言っていない。

ただ全身から炎のような殺気を発し、美憂を睨みつけただけだ。

すっ、と目を逸らした美憂の額に玉のような汗が浮かび、それが頬を転がり落ちる。

「……それでは、失礼します」

久留巳は無表情のまま静かに告げて、玄関を出た。


帰宅した久留巳は、美憂の言葉にあまりに大きく傷ついている自分にびっくりしていた。

ウォークインクローゼットの扉の裏側にある鏡で自分を眺め、いったい自分は誰の身代わりなのだろう、と考える。

(素敵な髪色とヘアスタイル……上品でエレガントなワンピース……。これは私のために選んでくれたものじゃなかったんだ。私を綺麗にしてくれるためじゃなくて、誰かに似せるためのコスチュームだったの……?)

久留巳はムキになったように急いでワンピースを脱ぎ、自宅から持ってきていたリネンのゆったりした部屋着に着替える。

(わかってたじゃない。他に女がいるって、前にも美憂さんは言ってた。信用するなって

兄さんからも忠告されてた）

　エプロンの紐《ひも》を腰の後ろでぎゅっと縛り、クローゼットの扉をパタンと閉めた。

（第一、恭介さん本人から、愛情は期待するなってはっきり言われてた。それなのに……私、バカだ）

　じわ、と目に浮かんできた涙を、久留巳は手の甲でぐいと拭う。

（バカだ……。いつの間にか私、少しは好きになってくれるかも、って期待しちゃってたんだ……）

　拭っても拭っても、はらはらと新しい涙が久留巳の頬を伝った。

（だって、好きになっちゃってたんだもの。恭介さんのこと）

　うっ、とかすかな嗚咽《おえつ》が喉から漏れる。

　広々した綺麗な新婚の自室でひとり、久留巳は誰にも知られずに、しばらくそうして涙を流していたのだった。


「く、久留巳様。そんなところのお掃除まで、なにも今日しなくても」

　早川が焦ったように言っても、久留巳は換気扇を掃除する手を止めなかった。

「もうすぐ、終わりますから！　なんだか体力があり余っちゃって、じっとしていられないんです！」

笑って言う久留巳だったが、本心は違う。

こうしてせっせと身体を動かしていないと、悲しい嫌なことばかり考えて、おかしくなってしまいそうだったからだ。

換気扇の掃除が終わると、次は床という床を雑巾がけした。

それが終わると窓を拭き、玄関の床も扉も磨き上げる。

(なにも考えたくない。美憂さんに言われたことを、忘れたい)

風呂掃除を始めた久留巳は、そこで先日、恭介と過ごした時間を思い出した。

(俺が洗ってやる、って恭介さんの手が私に触れた。恥ずかしくて、ちょっと怖くて、でもすごく優しくて……)

けれどそれは久留巳ではなく、別の誰かに向けられた優しさだったのかもしれない。

「あああ、もう、考えたら駄目だって!」

久留巳は考えを振りきるように、たっぷりと洗剤をつけたスポンジでバスタブを磨き、汚れていない壁までこすり、床も四つん這《ば》いになってごしごしと洗い、泡まみれにした。

さすがに何時間も動きどおしで汗だくだし、身体はくたくただった。

それでも久留巳は止まらずに、鏡も綺麗にしようと立ち上がろうとしたのだが。

「――っあ!」

泡でつるっと足が滑った。どっしーん！　という大きな音が響き、久留巳は嫌というほどバスルームの床に腰を打ちつけてしまう。

「どっ、どうされました⁉　大丈夫ですか、久留巳様！」

早川がすっ飛んできて、ドアを開く。

いたた、と久留巳は腰をさすりつつ、なんとか上体を起こした。

「へ、平気です。……滑って、転んじゃいました」

照れ笑いをして誤魔化した久留巳だが、早川は気がかりそうな顔をしている。

「……でも、ひどい顔色をされてますよ。お茶を淹れますので、せめて休憩されては」

これ以上意地を張ると、本気で早川に心配をかけてしまうかもしれない。

「わかりました。じゃあ、そうします。……泡を流したら、リビングに行きますから」

そう言うと早川はホッとした顔になって、戻っていった。

久留巳はため息をついて立ち上がり、ズキズキとするお尻をさする。そしてそっと部屋着をめくり、痛む部分を鏡に映してみた。

「あーあ……内出血してる……」

お尻にできた格好悪い青あざを見て、久留巳は自己嫌悪のため息をつく。

なんだか自分がとても惨めに感じられて、どうしようもない。

スポンジを片付けゴム手袋を外した久留巳は、そっとエプロンのポケットに手を入れる。

取り出したのはプラケースに入った写真で、映っていたのは子供のころ飼っていた愛犬、トイプードルの『くるりん』だった。

物心ついたときから唯一の、心から信頼できる久留巳の友達だった存在だ。

（いつ見ても可愛い。……会いたいな、くるりん）

久留巳が高校生のときに天寿をまっとうしたためそれは無理だったが、写真の中のくりくりしたつぶらな瞳を見ていると、少しだけ心が和む。

（私を心底好きになってくれたのは、今も昔もくるりんだけ。……やっぱり、地味子の私が誰かに好きになってもらうなんて、あり得ないんだよね……）

久留巳は大切にその写真をポケットに仕舞うと、早川に心配させまいと笑顔を作り、バスルームを出たのだった。

◆◆◆

条願組の事務所は、繁華街の雑居ビルの高層フロアにある。恭介はその中の十五畳ほどある一室で、デスクのパソコンを眺めながらぼんやりしていた。

モニターには、現在建設中の風俗ビルの設計図が映っているのだが、なかなか頭に入ってこない。

気がつけば、頭の中はひとりの女性のことだけで占められていた。

（……久留巳は……義務と思って、俺に抱かれているんだろう。形だけの、妻として。だからあまり頻繁に求めるのは、可哀想だと思ってるんだが）

自重しなくてはと思っても、ついベッドの中での久留巳の肢体が脳裏に浮かぶ。華奢《きゃしゃ》だが、つくところにはしっかりとついた柔らかな膨らみ。あまり日に当たっていなかったせいなのか、白く滑らかな肌。

小動物のような目は、少しの愛撫でもう耐えられないというように潤み、ふっくらと小さな唇からは甘い喘ぎが漏れていた。

（眉を寄せたせつなそうな顔をされると、どうにも止まらなくなる。……声もいい。子犬や子猫が、きゅんきゅんと甘えてくるような……いつまでも聞いていたいと思える音色だ。あれを聞いていると、もっと苛《いじ》めてやりたいのと同時に、大事にしてやりたくてたまらなくなってくる。どういうことなんだろうな、この矛盾した気持ちは）

自分でもよくわからないのだが、こんなことは初めてだった。

もちろんこれまでも女と付き合ったことはあるのだが、基本的に恭介は淡泊だ。

セックスはすればすっきりするが、しなくてもどうということはない。

好きだの責任だのと面倒なことになるのなら、金で割りきった関係のほうがずっといい。

そんなふうに考えてきたのだが、久留巳とのそれはまったく意味が違った。

（別に、年中欲情しているわけじゃない。ただ、どうしようもなく、あいつのことばかり

考えてしまう。……こう言ってはなんだが、久留巳だってそこまで嫌がってはいないんじゃないか。あんなに感じていたんだし）

早く顔が見たい。笑っている顔ならなおいい。

「若。客引き同士の小競り合いの件で、間もなく客人がみえるお時間です」

「わかった、応接室に行く」

いかつい面々の野太い声を聞きながら、恭介は帰宅する時刻を心待ちにしていた。


「おかえりなさい。少し前に、早川さんが帰宅したところです。お孫さんが熱を出したそうなので、私が許可を出しましたが……大丈夫ですよね？」

「ああ、問題ない」

帰宅して靴を脱いで自室に向かうと、ふわっと煮物のいい香りがする。

恭介を出迎えたあとに久留巳が戻ったキッチンからは、トントンと包丁の音がしてきた。

部屋着に着替え、そっとキッチンをのぞいてエプロンをした久留巳の後ろ姿を見ていると、なんともいえない優しい家庭の空気に心が温まってくる。

（どうしてこう、いちいち俺のツボをついてくるんだ久留巳は。……後ろから抱きしめたい。いや、なにをがっついているんだ俺は）

恭介は必死に自分を抑えた。

そして夕飯を食べ終えるまで待って、できるだけさりげなく告げる。

「……風呂に入る」

「はい。お着替え、出しておきますね」

「ああ、お前も入れ」

急いで言ってキッチンを出ようとした恭介に、慌てたような声が追いかけてくる。

「あの、恭介さん！　今日は……あとからひとりで入ります。アイロンがけとか、まだお仕事が残っているので」

「――そうなのか」

落胆したが平静を装って振り向くと、なぜか久留巳は困っているような焦っているような、複雑な表情を浮かべていた。

（なんだ。俺はなにかまずいことでもしたか）

考えてもわからないので、恭介は別に問題ないという口ぶりで言う。

「わかった。先にベッドに入っている」

「あっ、ええと、その」

久留巳は頬を赤くして、ますます困惑した顔になった。

「これからしばらくは……形だけの妻としてのお務め、お休みさせてください！」

なに？　と恭介は拒絶されたことにショックを受けたが、条願組若頭としてのプライドを総動員して、なんとか顔には出さずに言う。

「……勘違いするな。ただ寝るだけだ。さっきの話だと早川は明日、休むかもしれない。ひとつのベッドなら、洗濯物も少なくて済むだろう」

あっ！　と久留巳は両手をパチンと合わせた。

「そうですよね！　わかりました。お風呂を出たら、お部屋に行きます」


（どういうことだ。もしかして俺に嫌悪感を持ったのか？　形だけの妻と言っておいて手を出したせいか。いや、先に誘ったのは久留巳だ。寝てみて、相性が悪かったと思ったか。……そんなはずはない、初めてなのに演技をしたとは考えにくい。……単に昨晩の疲れが残っているんだろう。俺もつい歯止めが利かずに、夢中になった自覚がある。無理をさせたのかもしれない）

そんな推測をしつつ、ベッドに入って眠ったふりをしていると、一時間ほどして久留巳が部屋にやってきた。

風呂上がりのいい匂いをさせて、小さな身体がするりとベッドに入ってくる。

そのまま横になる前に、ううん、と寝返りをうつふりをして、恭介は久留巳がいる右側に、腕を伸ばした。

「ごめんなさい、起こしちゃいましたか。あの、腕……どかさないと、痛くなっちゃいませんか……」

(腕枕くらい、させてくれてもいいだろう。それとも、それすら嫌なのか)

こちらがなにも言わずに黙っていると、気にしながらも仕方なくといった様子で、久留巳は枕の下側に投げ出されている恭介の腕に、頭をのせた。

そうして、どれくらいの時間が過ぎただろう。

恭介は、自分の失敗に気がついていた。

(しまった。これは……これは、拷問だ……!)

腕枕の腕が痛くなったわけではない。

すうすうと健やかな、可愛らしい寝息。それを漏らす、艶のある淡い桃色の小さな唇。

自分と同じボディソープとシャンプーの、甘い香り。

パジャマの襟元からわずかにのぞく、滑らかな白い首筋。触れ合った部分から伝わってくる、久留巳の体温。

寝顔を見つめるうちに、恭介の心臓の鼓動は、だんだんと速くなっていく。

今にも抱きしめて、互いを隔てている無粋な布を取り払ってしまいたくてたまらない。

(俺は、バカだ。久留巳が可愛いと自覚していたくせに、こんなふうに……砂漠でさまよって喉がカラカラに渇いているのに、冷水の入ったペットボトルに触れるだけで飲めないような地獄の状況を、自分で作り出してしまった)

ぎゅう、と日ごろは厳しい目を閉じて、唇を噛む。

（そもそも……いきなり、形だけの夫婦などと言ってしまったことが間違いだった）

今さらそんな後悔をしても始まらないのだが、このままではとても眠れそうもない。

（俺は久留巳の笑顔が一番好きだが、寝顔も……とてつもなく可愛い。せめて……キスくらいは）

恭介は少しだけ首をもたげ、久留巳の真ん丸で赤ん坊のような額に、そっと唇を触れさせた。んん？　と久留巳が寝ぼけた声を出したのでギクッとするが、幸い目は覚まさなかったらしい。

（しかし俺がこんなにまで女に翻弄される、情けない男だったとはな。自分でも驚きだ）

恭介は恥ずかしく思いながら左手で目を覆い、ため息をついた。


その翌日から一週間ばかり経過した事務所でも、恭介はまったく同じだった。

いい加減にしろ、極道の風上にもおけないやつだ、と自分を叱咤《しった》するのだが、気がつけば脳裏に久留巳の顔が浮かんでどうにもならない。

幹部たちも、恭介からいつもの厳しさや怜悧《れいり》さが失われていることに気づいたようだ。

「若。お顔の色が優れませんが、もしやお体に不調があるんじゃないですか」

「……いや。そう見えるか？」

「はい。失礼を承知で申し上げますが、ここ数日、集中力を欠いているようにお見受けします。若のお身体は、若ひとりのもんじゃありません。幸い、今は大した案件は抱えておりませんし、帰宅されてお休みになったほうが」

「そうか」

自分が健康体なことはわかっているが、それならばこれ幸いとばかりに、恭介は帰宅することにした。

そして途中にあるスイーツショップで車を停めさせ、久留巳への土産《みやげ》を買い、ついでに口止めとして運転手の小田切にも、ケーキを渡したのだった。


「恭介様。随分とお早いお戻りですね」

「ああ。……孫はもう大丈夫なのか」

「おかげさまで、なんとか。ご迷惑をおかけいたしました」

「問題ない。久留巳がいるからな。……土産を買ってきたが、久留巳は」

帰宅した恭介を迎えたのは、家政婦の早川だった。

早川は、ケーキの箱を受け取りつつ、リビングの奥のほうを指さした。

「久留巳様は、午後からずっとテラスにいらっしゃいます。私がやっていましたお花の世話を、自分もしたいとおっしゃるので……。すぐお呼びします」

いや、と恭介は、テラスに向かおうとした早川の手をつかむ。

「少し、話が聞きたい。キッチンへ行こう」

「……？　はい」

恭介は早川をうながして、テラスからは見えない、ダイニングキッチンへと向かう。

「改まって私にお話とは、なんでしょうか」

早川は丸い顔に深刻な表情を浮かべて尋ねる。うむ、と恭介も深刻な顔でうなずいた。

「俺がいない間の、久留巳についてだ」

「はあ。久留巳様がどうかいたしましたか」

「家でなにをして過ごしている。買い物はネットでしろと言ってあるが、食料以外特になにも買っている様子もないし、映画でも観て暇をつぶしているのか」

それでしたら、と早川は難しい質問でないことに安心したような顔で答えた。

「一日中、家事をしておいでですよ。身体を動かしていたい、とおっしゃって、ワイシャツもクリーニングに出さずに、ご自身で洗ってアイロンをかけていらっしゃいますし。食洗器も洗い残しがあるかもしれない、と自分でせっせとお皿を洗っています。お掃除はもちろん、窓ふきまでされるので、私は仕事がなくて困ってしまうのですが」

早川は苦笑し、テラスに通じるリビングのほうへ首を伸ばした。

「先日からは、テラスの掃除や鉢植えの手入れもしたいと言われまして。本当に働き者の奥様です」

「そ……そうか」

恭介も早川の視線につられるようにして、テラスの久留巳をそっとのぞき見る。

(浪費することもなく、贅沢もせず……自分を飾ることさえ知らずにいた女。嫁《とつ》いできて、いい嫁になろうと一生懸命家事をし、飯を作り……美味いと言えばそれだけで、嬉しそうに笑う)

可愛い！　と改めて恭介は片手で胸を押さえ瞼《まぶた》を閉じて、実感した。

けれどそんな嫁が嫁いできたことを、恭介は手放しでは喜べずにいる。なぜなら。

(こんなに可愛いのに！　こんな気持ちになったのは初めてだというのに、あいつは俺に惚《ほ》れていない……！)

なぜあんなふうに突き放したのか、もう何回目かの後悔と自己嫌悪に、恭介はぎりぎりと歯噛みする。

その形相に、早川はぎょっとした顔になった。

「あ、あの、久留巳様は素晴らしい方だと思いますよ。お料理の本も熱心に読んでらっしゃって、恭介様の好みを私に相談されて……。私の仕事がなくなるといっても、別に自分が自分があの方がでしゃばるわけではないのです。わからないことは教えてくださいと、私などにも頭を下げて、偉ぶるところがまったくない素直な娘さんです」

無意識に怖い顔になっていたらしく、勘違いしてフォローする早川に、恭介は咳払いをして誤魔化した。

「悪いとは思っていない。気にするな。ただ、あまりに自分の楽しみ事がないようだから、どんな女なのかと気になっただけだ」

「そうなんですよねえ。少しお化粧に興味は持ったようですけれど……でも……あっ、そういえばひとつ、気になることが」

「うん？　なんだ、言ってみろ」

詰め寄ると早川は、白いものの交じった眉をわずかに顰める。

「何度か……ポケットからケースに入った写真のようなものを出して、それを眺めて……切ない顔をしてため息をついているのを見ました」

なに！　と恭介は自分でも驚くほどの衝撃を受ける。

「誰の写真だ。確認したか」

「いっ、いえ。あまり近くでは見ていないのです。すぐに仕舞ってしまわれますから」

（まさか、好きな男でもいたというのか。どこの誰だ。……男は俺が最初だったから、過去に付き合っていたわけではないだろうが……今もそいつが好きなのか？　……拒絶されたのはそのせいか？）

　黙ってしまった恭介に、早川はおろおろし出す。

「あの、もしかしたらご家族のお写真ではないかと。ホームシックかもしれません」

「あ？　……ああ。そうか、そうだな」

　これ以上、嫁のことで狼狽《うろた》える醜態を、早川にさらすわけにはいかない。

「今の話は、久留巳にはするな。……部屋で仕事をする。夕飯ができたら呼んでくれ」

「承知いたしました」

　久留巳に気づかれる前にと、恭介はそそくさと自室へ入った。


（久留巳は公私共に認める、俺の嫁だ。それなのに、どうしてこんなに気持ちが乱れる）

　恭介は自室のデスクの前に座り、大型の皮張りチェアに身体を預け、天井を仰いだ。

（考えてみれば、久留巳自身から話をほとんど聞いていない。どんな子供だったのか。どんな学生時代を送ったのか……清純で、控えめだったんだろうという予想はつくが）

　久留巳が自己卑下している、地味で垢抜けない冴えない女、という低評価は、恭介には高評価な美点として感じられている。

（ある意味、組の監視下での生活だ。浮気をしたわけじゃないのはわかっているが、それにしても写真というのは気になる。……しかし）

恭介は考えこんで腕を組む。

(そんなあいつの一生にたったひとりの相手が……極道の俺でいいのか。大事にしたいと願うのならば、堅気の男のほうがいいんじゃないのか。……と殊勝なことを思えるくらいなら、組の若頭なんて阿漕《あこぎ》な商売をやれるわけがないがな)

何度目かのため息が、唇から漏れた。

(大事にしたい。その思いに嘘はない。……だが、矛盾する気持ちが俺の中にある。……俺といたら幸せになれないのだとしても、あいつに傍にいて欲しい。申し訳ないが、ろくでもない男に捕まったと思ってあきらめてもらうしかないな。……俺はもう、あいつを愛しいと思う気持ちが止められなくなっている。ああ、くそ。しかし、しかしだ)

恭介はくしゃくしゃと、オールバックの髪を指でかき乱す。

(嫌がる久留巳を、無理に抱くことはしたくない。やろうと思えば簡単だろうが、それだけは絶対に駄目だ。第一……そんなことをして嫌われたらと思うと……)

久留巳が冷たい軽蔑の眼差しを自分に向けることを想像すると、絶望的な気分になってくる。

(だが、手を伸ばせばそこにあいつがいる。ベッドの中で吐息の聞こえる距離で、柔らかな身体に触れられる……それなのになにもできないというのは……)

どれくらいの時間、そうして悶々としていただろう。

ノックと共に、夕飯ができました！　という久留巳の声をドア越しに聞いた恭介は、もう駄目だと立ち上がった。

声だけですら、なんて可愛いんだと思ってしまう自分がいる。

恭介は立ち上がり、帰宅したときのまま脱ぎ捨ててあった上着を手にした。

「今夜は、サバの味噌煮です。好きだと聞いたので」

ドアを開くといつものエプロン姿の久留巳が、にっこりと微笑みかけてくる。

けれどどこのところずっとそうであるように、どこかその笑みには寂しさが感じられた。

(写真の男のことを想っているのか？　そうなのか？)

「恭介さん……？」

むっつりと不機嫌な顔で黙っている恭介を、久留巳は不思議そうに見上げてくる。

恭介は複雑な思いに、胸が締めつけられるように感じた。

「飯はいらない。飲みたくなった。先に寝ていろ」

えっ、と久留巳が悲しそうな顔になるのが、さらに恭介を苦しめる。

(すまないと思うが、どうしようもない……)

愛しさと自己嫌悪、不安と嫉妬に苛まれ、恭介が向かったのは夜の繁華街だった。

「バーボン、ロックで」

地下にある、落ち着いたショットバーのカウンターで、恭介はバーテンダーに告げる。

条願組の所有する雑居ビルがいくつかある繁華街の中でもこの店は品がよく、バーテンダーもきちんとネクタイを締めている。

ライトグレーと黒の、渋い内装の店内には、十人分ほどのカウンター席しかない。

これくらい狭い店内だと、妙な客が交ざっているとすぐにわかるし、背中を狙われる危険がないので、恭介はよく利用していた。

店内には一番奥に、もうひとりだけ客がいたのだが、その男がこちらをじっと見ている。

恭介のように、いかにもな鋭い目つきをした極道の威圧感を発する男を、こんなふうに凝視できる相手は決まっている。知り合いか、同業者だ。

そしてその男は、その両方だった。

「……久しぶりだな。……なんて呼びゃあいいんだ。おにーちゃんか」

言ったのは、久留巳の兄、辰巳だ。

別に嫌いというわけではないが、親しくもない。

面倒な相手に会ったと思っていると、辰巳は自分のロックグラスを持って立ち上がり、近づいてくる。

大柄で、金髪にピアス、黒いスーツに赤いシャツという派手ないでたちをしている。

顔立ちは悪くなかったが、眉が太く口は大きく、久留巳とは似ていない。

「隣、いいか」

答える前に横のスツール椅子に座る辰巳を、恭介はジロリと横目で見た。

「男とくっついて飲む趣味はないんだが」

「そう邪険にするなよ。……ちょうどいい。ここで会ったのもなにかの縁だろう。久留巳のことで話がある」

であるならば、話は別だ。

「なんだ。あいつなら、嫁としてよくやってくれている」

グラスを傾けつつ答えると、そうか、と辰巳はうなずいた。

「元気でやってるんだな。その……立ち入ったことを聞くが、夫婦生活は上手くいっているのか」

不躾な質問に、恭介は眉を寄せる。

「お互い極道とはいえ、あまり品性のない会話はしたくないんだが」

「違う、そういう意味じゃなくてだな。つまり……」

奥歯に物の挟まった言い方をする辰巳に、なんなんだ、と困惑していると、悪かった！といきなり恭介に頭を下げてきた。

「……なんのつもりだ」

「ともかく、先に謝っておく。上手くいってるなら、それでいいんだが。……その」

辰巳は顔を上げ、ぐいとグラスを呷《あお》ってから、恭介に向き直った。

「俺は、妹が可愛い」

「なるほど。それで」

「だから組のために所帯を持たせることに、抵抗があった。俺が言うのもなんだが、極道の男なんてのは、女は商売道具か遊んでなんぼだと思ってるからな。で、久留巳に言っちまったんだよ。お前の旦那になる条頭組の若頭に、絶対に本気で惚れるなと。相手は女のことなんぞ、これっぽっちも大事に考えねえんだぞ、とな」

「随分と、余計なことを言ってくれたもんだな」

とはいえ恭介は、辰巳に対して怒るというほどの感情は持たなかった。

確かに自分もかつては、女に対してさほど興味などなく、欲求の捌け口くらいにしか思っていなかったのは事実だからだ。

「だから、謝ってるだろうが。本当にすまん」

辰巳は手を合わせて、なおも言う。

「俺としては、大事な妹がお前に弄ばれるんじゃねえか、別の女と外で遊んでるんじゃねえかと心配で、ちょっとだけあんたを調べさせてもらった」

「……なに？」

「いやだから、本当に悪かった！　さすがに聞きこみをしようにも、ガードが固くてなかなかわからなかったが、結局のところ判明したのは……あんたは、女遊びなんかしてねえってことだった」

「当たり前だ」

勝手に身辺調査をされたことについては不快だったが、久留巳を心配するあまりと思えば理解はできる。

「貴様が久留巳の兄じゃなかったら、ただじゃ済まさないが。……妹を大事に思う気持ちに免じて、なかったことにしてやる。……あんなに可愛かったら、仕方ない」

思わず本音を零すと、神妙だった辰巳の顔がパッと明るくなった。

「そ、そうだろう？　あいつは可愛いんだ。そうか、あんたもそう思ってくれているならよかった」

「それは、思うに決まっているだろうが。事実だからな」

照れ臭さを誤魔化すため、ぶっきらぼうに言ったのだが、辰巳は上機嫌になっていた。

「いやいや、久留巳の唯一の欠点だと俺は思うんだが、自分を悪く思うクセがあるんだ。自己評価が低すぎてな。親父の趣味も悪いんだ。もっと今どきの年相応の服を着せてやりゃいいのに」

ああ、と恭介はそれについては同意する。

「確かに、出会ったばかりのころはどうしてこんな、小学校の入学式みたいな格好をしてるんだと不思議だった。あれはそっちの組長の趣味だったのか」

「そうなんだよ、もちろん俺としちゃあ、なにを着ていても可愛い妹だったがな。ちゃらちゃらしているよりはましだとも思ってた。だが、かなり実際の可愛さより割り引かれて見えてたはずだ」

「そんなことはない。あれはあれで、悪くなかった」

「さすが若頭、人を見る目があるな！」

辰巳はすっかりご機嫌になり、マスターにオーダーをする。

「俺とこっちにロックを。今日は奢りだ、飲んでくれ」

「……じゃあ、いただこう」

恭介は残りを飲み干し、新しいグラスに手を伸ばす。

「しかしそうか、ならあんたは久留巳を気に入ってくれたわけだな！　もしよかったら、もう少し流行りの服でも買ってやってくれ」

「それはもうやった。……流行りは俺も疎いから、とりあえず上品なブランドの定番を着せたが、どれもよく似合った」

「そ、そうか！　見たいな、写真はねえのか」

「今度撮って送る」

「あいつはやっぱりこう、フェミニンなのが似合うだろ。可愛らしい感じの」

「そうだが、シンプルですっきりしたラインのものがいい。中身を引き立てるには、ひらひらやリボンは不要だ」

「そうだよなあ！　いやー、わかってるな、兄弟！」

酔ってきたのか辰巳は、バンバンとカウンターを叩く。

「見たことねえが、パンツスーツなんかも似合うかもしれねえな！」

「……悪くないな。髪型も以前とは変えているから、リクルートスーツのようにはならないだろう」

「なに、ヘアスタイルも変えたのか！　ショートか？」

「いや、栗色に染めてふんわりさせた」

「くーっ、見てえなあ。似合ってるか？」

「ああ。より一層いい女になった」

「そうか、いい女か。マスター、こいつに俺の奢りでボトルを入れてくれ！　その棚のオールドボトルを三本だ」

この調子で恭介と辰巳は意気投合し、それから延々と深夜まで、どこのブランドのどんな服が似合うか、こんな髪型も可愛らしいのではないか、と久留巳談義で話が弾んでしまったのだった。

◆◆◆

（……どうしたんだろう、恭介さん、まだ帰ってこない。もう、十二時半……。こんなに帰りが遅くなるなんて）

久留巳は不安で胸が重苦しく感じながら、リビングのソファに座っていた。

組同士の抗争が激しかった子供のころ、こうして母親とふたりで父親の帰宅を、心配しながら待っていたのを思い出す。

（なにがあってもおかしくない。それが極道の世界だとわかってはいるけれど。……どうしよう、もしも恭介さんになにかあったら）

ぎゅっと両手を組み合わせ、久留巳はふるふると首を左右に振る。

（だ、大丈夫よ。本当に危険なことがあったのなら、事務所から連絡が入るはずだもの。それがないっていうことは、多分、難しいお仕事があるとか……。そうよ、お父さんだって、よくお酒を飲んで遅くに帰ってきたじゃない）

ただしその場合、酒席があるから先に休んでいろ、と必ず母親に連絡があった。

（私は形だけの妻だから、そういうことはちゃんとしてくれないのかな。先に寝ていろ、って言ったから、もう寝ていると思っているとか……？）

カチコチと時計の音だけがやたら大きく響いて感じられるリビングにひとりきりでいる

せいか、つい久留巳は余計なことをいろいろと考えてしまう。

（……お酒を飲んでいるなら、女の人のいる店かもしれない。私に連絡してこないっていうことは……そういうことなの……？）

頭の中をぐるぐると嫌な想像でいっぱいにするうちに、久留巳は一番嫌な憶測に思い至ってハッとした。

（もしかして、美憂さんか、他の女の人と一緒にいるなんてことは……！）

ガタッとソファから立ち上がり、恭介の姿が見えるはずはないのに窓際まで歩いていって、外に目を向ける。

けれど夜の窓ガラスは外の様子よりも、久留巳の姿をはっきりと映し出した。

部屋着は以前と同じだが、ゆるくカールした栗色の髪が縁取る顔は、我ながらかなり綺麗になったと思う。

恭介のためにそうなれるよう、化粧も勉強したしスキンケアも心がけるようになっている。

（でも……どんなに頑張っても、私は形だけ。それでもいいと思ってた。愛情はもらえなくても、決められた人生から逃げられないのなら、せめて妻という立場を楽しもうって、決めていたのに）

だが、いつの間にかその努力は、ひどく苦しいものになっていた。

どうして日に日に心が重くなるのだろう。

形だけの妻とはいっても、恭介は冷たくするわけではない。

作った料理は美味しいと言って食べてくれたし、腕枕もしてくれた。

セックスも乱暴ではなくて、むしろ久留巳の快感を引き出すような抱き方だ。

(触れてくる指も、唇も……優しくて)

思い出して久留巳は、頬が火照るのを感じる。

恭介の囁く声や表情を思い出すうちに、胸がドキドキしてくるのを抑えられない。

そして、久留巳はようやく気がついた。

「わかった。なんでこんなに苦しいのか」

大きく目を見開いてから、眉をきつく寄せて泣きそうな顔になる。

「恭介さんが好きだから、こんなに苦しいんだ」

恭介と口に出して言うだけで、平常心ではいられない。

ああ、と久留巳は両手で顔を覆い、その場にへなっとしゃがみこんでしまった。

(形だけなんて、もう無理！　恭介さんの気持ちが、他の女性に向けられているかと思うと、悔しくて苦しくて、どうにかなってしまいそう。自分は贅沢を望める女じゃない、ってわかってるのに、私だけを見て欲しい……私だけの恭介さんになって欲しい……！)

自分の気持ちが、大きく恭介に傾いていることに気がついてしまった久留巳は、もう平静を装ってはいられなかった。

（人を好きになるって、こんなにつらいことだったのね。もちろん、相思相愛になれたら、それはすごく素敵な……夢みたいなことだと思う。だけど、私の場合は、絶対に無理なんだもの。こんなの、苦しすぎる……）

好きでなければ、形だけの妻を演じ続けることは可能だったかもしれない。

しかし、生まれて初めての恋心を自覚してしまった今、そんな器用なことが久留巳にできるはずはなかった。


恭介が帰宅したのは、深夜一時半を回ったころだった。

まだ起きていたのか、と驚いた様子の恭介からは、かすかに酒のにおいがする。

やがて寝支度を終え、寝室に行こうとする恭介に、久留巳は必死に泣かないよう努めながら言った。

「恭介さん。お休みになる前に、言いたいことがあるんです」

「……なんだ。朝じゃ駄目なのか」

パジャマ姿の久留巳は、大きくうなずく。

今夜恭介を待ちながら、ずっと考えていたことだ。

「他の女の人と会うときは、遠慮しなくていいので、言ってください。泊まってきてもいいです。そうしたら私、待たずに寝ていますから」

「……なんだと?」

怪訝そうな顔を向ける恭介に、怯《ひる》まずに久留巳は続ける。

「それから、ひとつのベッドで眠るのは恭介さんも窮屈だと思いますから、今後は別々に自分の部屋で寝ましょう」

恭介はなぜか固まったような状態で、こちらを振り向いたままじっと久留巳を見つめてくる。

思わず久留巳が視線を逸らしたそのとき、家族しか連絡先を登録していないスマホから、メールの着信音が鳴った。

失礼します、とテーブルに置いてあったのを手に取って確認すると、珍しく兄の辰巳からだ。

(こんな時間に? まさか、お父さんかお母さんになにかあったんじゃ……?)

慌てて内容を見た久留巳は、目を丸くする。そこに書いてあったことは。

『久留巳のことだから、寝ないで待ってたんだろう? 悪かったな。お前の亭主と飲んで遅くなった。帰さなかったのは俺だから、怒らないでやってくれ。それから俺調べでは、恭介に他に女はいない。信じていい男だ。おやすみ』

「お兄ちゃん……!」

事態を把握した瞬間、ふわーっと久留巳の胸からは黒い霧が晴れ、青空が広がるように明るくなっていく。

(恭介さんは、女の人といたんじゃなかったんだ！)

安堵と嬉しさがこみ上げるのと同時に、誤解したことに申し訳なくなってくる。

「ごっ、ごめんなさい……！」

久留巳は、なにがどうなったのかわからずに、突っ立ったままでいる恭介に頭を下げた。

「謝らなくていいから、事情を話せ。わけがわからない」

恭介は言って踵《きびす》を返し、ソファに腰を下ろした。

ここへ座れ、というように手招きされ、久留巳はおずおずと恭介の隣に腰を下ろした。

「このところ、どうもお前の様子がおかしい気がしていた。どうして別々に寝たいなどと言い出したんだ」

「それは……あの……」

「もう俺と寝たくないってことか？　……他に惚れた男がいるのか」

ええっ、と久留巳はびっくりして、恭介を見た。

「まっ、まさか！　ありえないです、そんな！」

どうだかな、という目を恭介はこちらに向ける。

「だったらなぜ、俺の誘いを断った。そんなに嫌がっているようには見えなかったが」

「それはつまり、あの」

久留巳はしどろもどろになったが、隠して嘘をついたら、どこまでも話がこじれてしまうと感じた。そこで、恥ずかしいと思いつつ、渋々と正直に言うことにする。

「お風呂で……お掃除中に、滑って転んでしまったんです。それで、お尻を思いきりぶつけて、痣《あざ》ができてしまって。恭介さんに見られるのが、恥ずかしかったんです」

「お尻に……痣？」

思いがけない話に、恭介の目が点になる。

ごめんなさい！　ともう一度久留巳は謝った。

「も、もう、治ってきて、かなり薄くなったと思います。だから……そろそろ、大丈夫なんですけど……」

だが恭介は、まだ納得した顔をしていなかった。

「じゃあ、ときどき見ている写真の相手は誰だ。男じゃないのか」

写真？　と久留巳は一瞬首を傾げたが、すぐに思い至った。

「見ているところを見られていたなんて、気がつきませんでした！」

「正直に答えろ。もう一度だけ聞く、相手は誰だ」

びっくりするほど鋭い目の恭介の声には、底知れない憎悪が潜んでいるように感じ、久留巳は慌てる。

「ちょっとだけ、待っていてください！」

そう言って立ち上がり、小走りでキッチンへ向かった。

どうやら恭介は、本気で男だと疑っているらしい。なんでそんな誤解をされたのだろうと思いつつ、百聞は一見にしかずとばかり、久留巳は棚に畳んで置いておいたエプロンを持って戻った。

「写真って、これです」

エプロンのポケットから取り出したプラケース入りの写真を、ソファの隣に座って恭介の前に差し出す。

恭介はむっつりとして受け取ったが、その写真を見た途端、鋭い目つきがふわっと和んだ。

「これは……お前が飼っていた犬か……？」

写真と久留巳を交互に見て恭介は言う。

「はい。くるりん、ていうんです。子供のころ、体が弱くて幼稚園や学校も行けない日が多かったので、私の唯一の親友でした。二年前に老衰で亡くなったんですけど……今でも、たまに夢に出てきてくれます」

恭介は神妙な顔で、写真を返してくれる。

「そうか。……悪かったな、妙な疑いをかけて」

いえっ！　と久留巳は誤解が解けたことが嬉しくて、笑顔になりながら首を左右に振った。

「疑ったのは、お互い様ですから」

「お互い？」

「私、恭介さんの帰宅があんまり遅いから、てっきり……女の人といるんじゃないかって、想像してしまって」

久留巳は返してもらった写真を、エプロンのポケットに仕舞って畳みながら言う。

「だけど、兄と一緒だったんですよね。メールがきて、それで知りました。……不細工でみっともない、形だけの妻に、こんなこと言える資格なんかないんですけど。でも」

至近距離で恭介を見ていると、気持ちが抑えられなくなってくる。

久留巳は目を伏せて、本音を口にした。

「でも私。嫌だったんです。恭介さんが、他の女の人と会ってるって考えるのが」

「久留巳……」

重い、不愉快だと思われただろうか、と恐れつつも顔を上げると、真剣な目をした恭介がじっとこちらを見つめていた。

「それなら……寝室を分けたいと言ったのもそのためなのか？」

恭介の瞳も声も、熱を帯びているように感じる。

「は……はい」

どうしよう、と久留巳はうろたえていた。

こんなふうに至近距離で、心の底をのぞきこむように恭介に凝視されると、本音を漏らしてしまいそうだ。

「はっきり言え。久留巳」

ぐっ、と恭介の大きな手が、久留巳の両肩をつかんだ。

そんなに力を入れられたわけではないのだが、心臓までつかまれたような錯覚に陥る。

「私……」

恭介の体温を感じながら、もう駄目だ、と久留巳は観念した。

「……わ、私、恭介さんが……す、好きです」

消え入りそうな声で、久留巳は言う。

その言葉を聞いた瞬間、恭介は息を呑み、その鋭い目が大きく見開かれた。

言ってしまった、と久留巳は肩を震わせながら、視線を下に落とす。

「ごめんなさい……。形だけ、って約束だったのに」

「久留巳」

「組のためだって、わかってたのに。好きになっちゃったら恭介さんを困らせるし、私だってつらいだけなのに！」

告白するうちに気持ちがたかぶり、堪えきれずに大粒の涙がぽろりと零れた。

「私は知らなかったんです。人を好きになることが、こんなに大変なことだったなんて。だから……形だけの夫婦を演じるのは、もう無理だと思って……」

すっと恭介の右手が、顎にかかった。

「久留巳。顔を上げろ」

潤んだ瞳で上目遣いに見つめると、恭介は厳しく引き締まった顔に、初めて見せるような優しい笑みを浮かべた。

「お前を妻にできた俺は、幸せものだ」

「え……？」

「俺の女は一生、お前ひとりだけでいい。それから……悪かった。つらい思いをさせて」

「恭介さん……？」

本当にこんなに嬉しいことが人生で起こるのだろうか。

もしかしてすべては夢か、お芝居だったということはないだろうか。

幸せに慣れていない久留巳は一瞬そう思ったが、事実なのだということは、真摯な恭介の瞳を見ればわかる。

「私が恭介さんを好きになってもいいんですか？」

「もちろんだ。……俺のお前に対する気持ちには届かないだろうが」

「届かない？　まさか……そんなこと……」

いつの間に恭介は、自分を好きになってくれていたのだろう。

いくらなんでも、久留巳が恭介を想うより上などということはないと思うのだが。

嬉しい。信じられない。大好き。なにか言おうとするのだが、心臓が耳の近くに移動したのではないかと思うくらい、ドックンドックンと鼓動が大きく鳴り響くし、久留巳の首から上は茹《ゆだ》ったように熱い。

久留巳は唇をわずかに開いたまま、固まってしまっていた。

「あ……」

そんな久留巳に吸い寄せられるように、恭介の瞳が近づいてくる。

「恭……ん、ん……っ」

ソファに押しつけるようにして、恭介は久留巳を抱きしめ、深くキスをしてきた。

久留巳はその舌を受け入れながら、広い背中に手を回す。

「は、あ……っ、んう……っ、ん」

何度も何度も角度を変え、恭介ははくちづけてくる。

どちらのものともわからない唾液が、唇の端から零れた。

「ん、んんっ……」

けれど、まだ足りないと久留巳は思う。もっと恭介と近づきたい。その体温を感じたい。

「っあ、んっ」

ようやく唇を解放した恭介の舌が、久留巳の首筋を這い、耳たぶをくすぐる。

ぞくぞくした感覚に襲われ、きつく瞼を閉じた久留巳に、恭介は囁いた。

「俺に他に、女などいない。そしてお前は、みっともなくなんかない」

熱い吐息と共に告げられる低温の美声に、久留巳はくらくらしそうになる。

「久留巳は、充分に綺麗だ。……ただお前は、自分の魅力を知らない」

言いながら恭介の手は、久留巳のパジャマのボタンを外し始めた。

「え……っ、あっ、駄目っ、こんなところで……っ！」

「どうして」

「だ、だって、明るいです……電気、消さないと……」

弱々しい声で懇願した久留巳だったが、その願いは却下された。

「ちょうどいい。自分がどれだけ淫らで綺麗なのか、よく見るといい。……俺が、教えてやる……」

上半身のボタンがすべて外され、白い胸が蛍光灯の光の下にあらわになる。

「や……っ、あっ」

恭介の唇は、再び久留巳の素肌に押しつけられ、鎖骨に軽く歯をたてた。

「はあっ、あ……っ、んっ」

久留巳は恥ずかしくてたまらなかったが、同時に体が熱く火照り、頭がぼーっとなってくる。

「あう、んっ！」

恭介の唇が、胸の突起を挟むようについばんでくる。

「んっ、やぁ……ん、ああっ」

きゅっと強く吸われると、痺れるような痛みと共に、甘い快感が背筋を走った。

（恭介さんが、綺麗だって言ってくれた。みっともなくなんて、ないって……）

そう思うと、抗う力が久留巳の身体から抜けていく。その華奢な体を、恭介は思うさま愛撫した。

「はあ、んっ、あ……あんっ」

乳房が揉みしだかれ、舌で弄られるたびに、久留巳の唇から甘い嬌声が漏れる。

胸の突起だけでなく、脇腹も、腹部も、恭介の舌や指が触れるだけで、びくっ、びくっ、と久留巳の体は跳ねる。

「敏感だな、久留巳は」

「だって……っ、恭介さんが……あっ」

羞恥と快感で、久留巳はどうにかなってしまいそうだ。

確かに自分でもびっくりするほど、身体は恭介の愛撫に反応しまくっていた。

（触れられているだけで、こんなふうに、なるなんて……っ）

久留巳は自分の下着の中が、すでに濡れていることを察していたのだ。

「駄目……っ！」

恭介の手がパジャマの下を脱がしにかかって、久留巳は思わずその手を止めようとする。

「触れなくていいのか？」

優しい、けれどどこかからかうような声音で、恭介は言う。

「もう濡れてるんだろ？」

なぜわかるのか、と驚いて恭介を見ると、くっくっと喉を鳴らして笑われた。

「図星か」

「だって、だって、恭介さんが」

「……そうだな。俺のせいだ」

なぜか嬉しそうに恭介は言い、するするとパジャマの下を脱がせると、下着の中に手を入れてきた。

「あ……っ！」

「やっぱりだ。こんなにぬるぬるにして」

蜜の溢れる部分に、ぬる、と恭介の指が触れてくる。

「あっ、ああっ」

それだけで久留巳は達してしまいそうになり、涙目になる。

「そ、そんなにしたら……っ、駄目ぇ……」

「可愛いな、久留巳は」

可愛い、と言われてますます久留巳の体は熱を帯びた。

「ん、んう……っ！」

恭介の長い中指が、愛液で満たされた中にぬるりと挿入されていく。

「恭介さ……っ、あっ、やあ……っ」

久留巳はボタンを全開にしたパジャマをかろうじてまとい、両の乳房を露出して脚を大きく開かされ、下着の中に手を入れられているといった格好になってしまっている。

その状態で唇の端からは唾液が零れ、体はひくひくと快感に反応していた。

「み、見ないでっ……！」

力の入らない両手で顔を覆ったが、恭介の指はますます久留巳の内壁を弄ってくる。

「どうして。すごくいやらしくて、可愛い」

「そんなこと……っあ、ああっ」

ちゅっ、くちゅ、といやらしい音が下半身から聞こえてくるのもたまらなく恥ずかしい。

けれどその恥ずかしさが、久留巳をより一層昂《たかぶ》らせているのも事実だ。

「あっ、ん……っ、あっ、あんっ」

ほんの少しでも恭介の指が動くと、久留巳の身体に甘く痺れるような感覚が走る。

はあはあと、肩で息をする久留巳を労わるように、恭介は肌のそこかしこにくちづけを落としていった。

「あっ、ああ！」

二本目の指が、久留巳の中を押し広げながら入ってくる。

「やっ、いや、あっ」

「……痛くないだろう？」

恭介は久留巳の反応を確かめるようにして、指の腹で優しく内壁をこすった。

「痛くは、ないっ、です……っ、けど、っん！」

特に敏感な部分を恭介の指が探りあて、そこを強く刺激してきた。

「だっ、駄目、そこ……！」

「ここがいいんだな、久留巳は」

どこか嬉しそうに恭介は囁いてから、指を抜いていく。

「……っん！」

体内から指が出ていくと、久留巳はどうしようもないもどかしさを感じて、身悶えてしまう。

恭介は自身のものをくつろがせた。

仰向けになった久留巳の目には、煌々《こうこう》と明るい照明の光が飛びこんでくる。

(待って……まさか、ここで)

快感にぼんやりしていた久留巳がそう思い至ったとき、指より何倍も太く硬いものが、愛撫で濡れてとろけた場所に押しつけられた。

「——っあ、あああぁ!」

散々に指で刺激され、敏感になってしまった部分に、恭介のものが押し入ってくる。

痛みはまったくなく、信じられないような快感が久留巳の身体を貫いた。

「久留巳……っ」

恭介は久留巳の膝を抱え上げるようにして、腰を深く進めてくる。

「っあ、はあ……っ、ああっ!」

久留巳はさらに身体の奥底から、湯のように愛液が溢れてくるのを感じた。

涙で潤んだ目を開くと、恭介の真剣な瞳が間近にある。

「恭介さん……好き……っ!」

思いを抑えられなくなって口に出すと、体内の恭介のものが、ぐぐっと硬度と熱を増すのがわかった。

「ああっ、あっ、ああ!」

好きだ、とはっきり自覚して抱かれていると、以前よりもずっと快感が強く激しくなるように思える。

恭介は久留巳の弱いところを、執拗に抉り、責めてくる。

(気持ち、いい。よすぎて、おかしくなっちゃう)

頭の中が白く光り、久留巳の背は大きくしなり、反り返った。

「――っ！」

嬌声はすでに、声にならない。

達して細かく震える身体を、恭介はきつく抱きしめてくる。

そして久留巳は身体の中に、熱い液体が注がれるのを感じていた。


快感で人は意識を失うことがあるのだ、と久留巳は初めて知った。

気がつくと寝室のベッドで、恭介に腕枕をされている。

至近距離で自分をじっと見つめている恭介に、赤くなりながら久留巳は尋ねた。

「……わ、私、眠っちゃったんでしょうか。ごめんなさい」

「いや。俺が無茶をさせてしまったせいだ。……どこか痛くないか」

「全然、どこも。大丈夫です」

かすれた声で言う久留巳の髪を、恭介は優しく何度も撫でてくれた。

初めて見るくらいに穏やかな目で、恭介が思いがけないことを言う。

「なあ、久留巳。している最中は、夢中で気がつかなかったんだが」

「はい？　なんですか。私、やっぱりなにか、変だったでしょうか」

明るい室内で、素肌をさらしていたことを思い出し、久留巳は不安になって問う。

「変じゃないが。つまり、下着の趣味が……少々、子供っぽいかもしれない」

あっ、と久留巳は顔を赤くした。

先日、髪型と衣類は全面的に改善した久留巳だったが、下着だけはそのままだった。

中学生になってから、下着だけはさすがに親任せではなく、自分で通信販売を利用して購入していたのだが、買っていたのはマスコットキャラクターのものばかりだった。

ちなみに今日は、小さなクマちゃんとサクランボが、ランダムにプリントされたパンツを着用している。

自分では気に入っていたが、おとなの女に相応しいかと考えると、さすがに世間に疎い久留巳にも、そうとは思えなかった。

「そ、そうかもしれないですね。私、あのシリーズが好きなんですけど、考えたら中学生のころからずっと同じメーカーなんです。その……下着を人に見られるとか、考えたことがなかったので」

しどろもどろに釈明する久留巳を、恭介は慌てたようにフォローする。

「それはそれで、可愛いことは確かだ。ただ……もっとお前の魅力を引き立てるランジェリーがあるんじゃないかと」

「あ、ありがとうございます、そんなふうに言ってくれて。ええと、じゃあ今度……いつも利用している、ハッピーラブリー通販のカタログから、恭介さんが選んでください」

照れながら提案するが、恭介は複雑な表情になる。

「通販も悪くはないが、下着はきちんと採寸してもらったほうがいい」

「あ。そういうものなんですか。いつも、ＳＭＬから選んでました」

「週末に、デートをすると言っただろう。ついでに、そのときにランジェリーショップにも行こう」

その言葉に嬉しくなって、はいっ、と久留巳が笑顔で返事をすると、恭介はまた優しく頭を撫でてくれた。

それからそっと抱き寄せられ、額と頬に優しくキスをされる。

こんなにまで優しくされたことは初めてで、久留巳は胸がときめいてしまうのを止められない。

「恭介さん……？」

「形だけなどと言って、悪かった」

恭介は、ドキドキするような真摯な眼差しで、久留巳を見つめてくる。

「お前は、俺の妻だ。形だけじゃなく、名実共にだ」

「ほ……本当ですか？　そう思って、いいんですか……？」

幼いころからひとりぼっちで、地味で冴えないと自覚していたこんな自分を、心身共に愛してくれる人が今、久留巳を抱きしめている。

（こんなに素敵なことが、現実なの？　夢でも見てるんじゃないの？　本気にして、それから違うってわかって、がっかりするなんてことになったら……耐えられない）

まだネガティブに考えながらおずおずと確認すると、恭介は深くうなずいた。

「何度も言わせるな。俺は、甘ったるい告白は苦手だ」

ほんの少し目元を赤くして言う恭介が、たまらなく愛しい。

久留巳は恭介にしがみつくように抱きついて、その厚い胸板に頰をすり寄せた。


（どれを着ていこうかな。買うときに、恭介さんが一番褒めてくれてたのって、どれだっけ。パンツを白にすると、上は黒？　あれ？　間違いない色合わせと思ったのに、お店でコーディネートしてくれたのとイメージが違う……）

デートの当日。

久留巳は早朝から念入りにスキンケアとメイクをし、朝食の支度をしてからは、ウォークインクローゼットにこもりきりだった。

服を着ては脱ぎ、バッグを合わせてポーズをとり、なんだか違うと下着姿になることの繰り返しだ。

（ああ、どうしよう。多分、お店で試着したこの組み合わせがいいんだと思うけど、私としてはこっちも捨てがたい……）

眉を八の字にしておろおろする久留巳だったが、実はこの作業をとても楽しんでいた。

少しでも自分を素敵に見せたい。綺麗だと思って欲しい。

そう考えながらデートのために服を選ぶなどということは、初めてだったからだ。

結局久留巳は、水色のノースリーブワンピースに白いボレロと白いバッグ、アクセサリーや小物のさし色には深い青というスタイルを選び、出かける時間の五分前にコーディネートを完成させた。

頬を火照らせてリビングにきた久留巳を見て、こちらもピシッとスーツを着こなした恭介が目を輝かせる。

「いつにもまして可愛いな、久留巳」

「あっ、ありがとうございます！」

（恭介さんが、可愛いって言ってくれた！　正解だったんだ、この格好！）

久留巳は心の中で、ぐっとガッツポーズをとった。

恭介が久留巳を連れていったデートコースは、横浜《よこはま》のみなとみらい地区だった。

駅そのものが巨大なショッピングモールとなっているその地域には、ファッションビルが点在し、洒落たレストランや高級品のブティックもある。

まずはあまり堅苦しくないが、評判のいいイタリアンの人気店でランチを食べ、次に予定どおりランジェリーショップに入った。

店内は久留巳がイメージしていた下着売り場と違い、広々して内装やディスプレイにも高級感がある。

「恭介さんも一緒に入って、大丈夫でしょうか」

「うん？　どうしてだ」

「だって、なんだかちょっと、セッ、セクシーな感じの下着も売ってますし。……変態だと思われませんか」

本気で心配して言ったのだが、恭介は苦笑した。

「カップルなら問題ない。プレゼントとして贈ることもあるからな。まして俺たちは夫婦だ、なにを気にすることがある」

そういうものなのか、と久留巳が感心していると、髪をきっちりとお団子にした、清潔感のあるスーツ姿のスタッフが、にこやかに近づいてくる。

「いらっしゃいませ。本日は、どのようなお品をお求めでしょうか」

「妻に何点か、見繕って欲しい」

いつもの強面な顔に戻り、恭介は告げた。

「かしこまりました。では奥様、お品をお勧めするにあたって、あらかじめバストのサイズをおうかがいしておきたいのですが」

「あ、ええと、いつもMサイズを買ってました」

久留巳の答えにほんの一瞬だが、笑顔で対応するスタッフの表情が固まった。

「……M。というのは」

「あっ、そ、そうですよね。具体的にだと、ええと、多分75のB……くらいのような」

最初にカタログで購入したころは、自分で計っていたのだが、スポーツブラやカップつきのキャミソールを着るようになってからは、SMLしか表記のないものを買っていた。

特にクマちゃんシリーズがそれだったため、正確なサイズは把握していない。

「それではこちらで、計測をさせてください。ご主人様は、あちらのテーブルでお待ちいただけますか」

スタッフに導かれ、久留巳は試着室へと連れられていく。

そうする間、久留巳はまったく別のことで嬉しさを噛みしめていた。

(奥様って言われちゃった。それに、ご主人様だって)

ふふ、と上機嫌な久留巳だったが、試着室に一緒に入ってきたスタッフが、薄い手袋をしているのを見て首をかしげる。

メジャーを持った店員はトップとアンダーを計ってから、失礼します、と声をかけて久留巳の素肌に手を滑らせた。

（えっ、えっ、こんなふうにして計るの？）

スタッフの手が柔らかなふくらみを寄せるようにして、すっぽりと華奢なブラジャーに収めてしまう。

「７０のＥですね」

「そ、そうだったんですか」

自分でも正確なサイズを知ったのは、これが初めてだった。

試着室を出てから下着選びが始まったのだが、久留巳はまず、繊細なレースやビジューで飾られた、色とりどりの華やかなランジェリーの作りに感動し、次いで自分が購入していたものよりはるかに高額な値段に目を丸くした。

（こっちの淡いラベンダー色の、お花のレースがとっても可愛い！　それに水色のほうもパールの飾りが素敵……だけど、白も捨てがたいかな……）

迷っていると、パッパッと恭介が、久留巳がちらりとでも見ていたものを片っ端からスタッフに指さした。

「それとそれとそれをくれ。それから、こっちも」

「あのっ、そ、そんなに買うんですかっ」

「下着は毎日使うだろう」

「でも、特別の日とかだけでもっ。毎日お洗濯していたら、すぐに駄目になってしまいそうですし！」

「そうしたらまた買えばいい」

会話をしつつも恭介は、さらに何着もスタッフに注文を重ねていく。

そして久留巳は気がついていた。

その中には、かなり面積の少ない、きわどいランジェリーが交じっていたことを。

（あれ、私の……だよね？　綺麗だし、肩紐のとことか、リボンは可愛い……けど。九割の部分が、紐に見えるんですけど……。あれを普段はいて、お風呂掃除やお洗濯をするの？　すぐ切れちゃいそう。……ううん、さすがにあれだけ実用性がないってことは、きっとそれ用の役割があるのよね。つまり……ベッ、ベッドで、セクシーさを演出するための……）

ぽわーと顔を赤くしていると、恭介がふいに尋ねた。

「見てきた中で、特に気に入ったものはあるか？」

「特に……ですか。正直、どれも素敵で特別にというのは……そ、そうだ」

久留巳は恥じらいつつ、自分より頭ひとつ背の高い恭介を、上目遣いに見る。

「恭介さんは、どれが好きですか？」

「俺か？」

こくりと久留巳はうなずく。

「……だって、見るのは恭介さんだけじゃないですか」

なるほど、と恭介は納得した顔になり、しげしげとランジェリーの数々を見る。

「甘い色も似合うが、こういうのもいいかもしれないな」

恭介が示したのはディスプレイに飾ってあった、黒いランジェリーの上下セットだった。

黒い下着というのを久留巳はつけたことがなかったが、細かなレースがゴージャスで、それでいてシックなデザインだから、下品さはまったくない。

しっとりしたおとなの色気を感じさせる、美しいランジェリーだ。

「私も、素敵だと思います！」

「ではそちらのサイズも、ご用意いたしますね。……それとも、つけていかれますか？」

スタッフの提案に、久留巳は頬を火照らせる。

（そうよね。せっかくのデートなんだもの。下着も素敵にして歩きたい！）

そうしますと応じた久留巳は、試着室で早速着替えた。

淡い水色のワンピースに黒いランジェリーが透けないか、ということだけが気がかりだったのだが、幸いワンピースの生地が厚いものだったため、その心配は無用だった。

そっと胸のふくらみを支えるつけ心地は、とても優しい。

恭介の選んだ下着に体が包まれていると思うと、胸が高揚した。

上下をつけて鏡の前に立つと、不思議といつもよりスタイルがよく見える気がするし、一気に少女から成熟した女性に身体ごと変化したように思える。

（なんだか、いい女になった気分！　自惚れるのはよくないけど、せっかくのデートなんだもの。ポジィティブなイメージを持つのって大事よね）

久留巳はそう考え、恭介に感謝しながら、ランジェリーショップをあとにした。


朝からはしゃぎっぱなしで、楽しくて仕方ない久留巳だったが、もちろんデートとはいえ護衛はついている。

長距離の移動はいつもの小田切が運転する車で、駐車場に停めたあとも、離れた位置で常に小田切が周囲に気を配っていた。

港周辺を散歩するとなった今も、それは変わらない。

ただし、小田切は極力気配を感じさせないよう教育されているらしく、いつもどこに潜んでいるのか久留巳にはわからず、ともすればその存在を忘れてしまいそうになるのは、さすがプロといったところだろう。

「お天気がよくて、よかった。海と空が、すごく綺麗に見えます」

「そうだな。曇ると海も灰色になる」

港の海沿いの散歩コースには、観光客の姿も多かった。

鴎《かもめ》の鳴き声。汽笛の音。非日常感のせいか、なんだかとても遠くまで来た気がする。

途中、海のよく見えるベンチに座り、休憩をした。

心地よく頬を撫でる風に混じる潮の香りを、久留巳は思いきり吸いこむ。

「気持ちいいです。……東京《とうきょう》からこんなに近くに海があるなんて、なんだか不思議な感じ」

「お台場《だいば》があるだろう。羽田《はねだ》近くにも海浜公園がある」

「あっ。言われてみればそうですよね。私、学生時代は全然遊びに行ったことないから。どこにどんな素敵な場所があるとか知らないんです」

「女友達とも、遊びに行かなかったのか？」

聞かれて久留巳は、少し恥ずかしいと思いながら、正直に答えた。

「はい。……私の家が、極道一家だっていうことは、子供のころから知れ渡ってましたから。別にいじめられたということはありません。でも、近くに寄ってきてくれる子はいませんでした」

濃紺の海面に、きらきらと銀粉を撒《ま》いたように日差しが反射するのを眺めながら、久留巳は自分の学生時代を思い出す。

「たまに、ちょっと仲良くなれた子がいても、しばらくすると話しかけてもすうっと離れていくようになって。……待って、って手を伸ばしたかったりれど、できなかった。だってどうして離れていくのか、理由がわかっていたからです」

「……大方、親にでも言われたんだろうな」

穏やかな低い声で、恭介が言う。

「だと思います。それをひどいとは思わなかった。当たり前だよね、って。……誰も恨んではいません。その子も、その子の親の気持ちもわかります。それに、私は親がしている仕事のおかげで、美味しいご飯を食べて極道の家で育ったんですから、家族のことも恨んでいません。ただ」

鼻の奥がツンとして久留巳は言葉に詰まり、大きく息を吸ってから続ける。

「ただ、すごく寂しかった。悲しかったです」

言った瞬間、恭介がぐいっと久留巳の肩を抱き寄せた。

「お前の気持ちはよくわかる。俺くらいよくわかる人間も、そうはいないだろう」

「……恭介さん……」

見上げると恭介はびっくりするほど優しい目をして、こちらを見ていた。

「俺も同じだ。まあ、幸い組の幹部の子供が同じ学校にいたからな。取り巻きみたいなのはいたが、よくも悪くも、対等な友達はいなかった。……そんなものはできないと、あきらめてもいた。無理に近づくのも申し訳ないしな」

「そ、そうなんです！　私から仲良くしようとするのは、相手の迷惑になってしまうと思ってました。すごく小さいころは、それをわかってなかったですけど」

久留巳の言葉に、恭介は我が意を得たりという顔で、話に乗ってくる。

「まさに同感だ。喧嘩しながらも遊んでいた悪ガキ連中が、小学校に入ったころから近寄らなくなった。喧嘩にすらならない。あのころはわけがわからなかったが、早い話が親から俺に近づくなと釘《くぎ》を刺されたんだろう」

「そうそう、そうなんですよ。今なら私もわかるんです。でも、気がつくまでは自分はなにがそんなに変なんだろう、どこが他の子たちと違うんだろうって悩みました」

「まあ、親も言いにくかっただろうしな」

「まだ小さな子には、説明できないですよね。それも今は理解できます。だけど……思春期のころは、正直、ちょっと恨みました」

久留巳は生まれて初めて、つらかった当時の心境を人に話した。

「だって遠足や修学旅行も、監視が行き届かないからって行かせてもらえませんでしたし。もちろん、友達と出かけるなんて夢のまた夢です。警護の人となんて、お買い物に行きたいと思えなかったから、お洒落やショッピングの楽しさも知りません」

「俺はその点、同年代の組の連中と外出することはあったから、多少はましか」

「恭介さんは組の若い人たちに慕われていたでしょうから、そうですよね。私は嫌われてはいなかったと思いますけど、腫れ物扱いというか……」

だろうな、と恭介は苦笑を浮かべる。

「鬼丸組の組長が溺愛するひとり娘とあっちゃ、万が一なにかあったら指の一本や二本じゃ済まないだろう」

「そっ、そんなことはないと思いますけど、父を怖がって私と必要以上に親しくしないという意味では、学校も組の中も同じでした」

「……ずっとひとりも友人がいなかったのか？」

「あっ、いえ、いました」

久留巳はにっこり笑って、バッグの中からいつも手放さないプラケースを取り出す。

「この前話した、トイプードルのくるりんです。私の大事なお友達でした」

そうか、と恭介はしみじみとその写真を見る。

「……この写真だけでも、どれだけお前に懐いていたのか目を見ればわかる」

「賢い子でした。私が泣いていると、ほっぺたを舐めてくれたりして。……だけど、当たり前ですけど、犬は人ほど長く生きないので……看取るときは、つらかったです」

「俺も経験がある。猫だがな」

えっ、と久留巳は恭介を見た。

「その猫ちゃんは、今はご実家にいるんですか?」

「いや、お前と同じだ。俺が赤ん坊のときから一緒にいたが、高校生のときに死んじまった。……犬とか猫とか、人に寄り添って生きてくれる動物は不思議だな。こっちの気持ちを全部、見透かしているような気がする。悪戯をして叱っても、ころんと転がって腹を見せられたら怒る気が失せる。自分が可愛いとわかってやってるんだろうな、と思うが逆らえない」

苦笑する恭介に、久留巳は一気に親近感が湧いた。

「恭介さんって、動物が好きなんですね?」

「……嫌いじゃない。殺伐とした毎日の中、悪夢にうなされて夜中に目が覚めたとき、丸い寝顔があると心底ホッとする」

「わかります! 癒やされますよね」

「ああ、どんなに悩むことがあっても、それを見てるとまた眠れるんだ。俺は猫の寝息には、睡眠作用があるんじゃないかと思っている」

不思議な言い回しだけれど、とても共感できる。

恭介がこんなふうに面白い話をする人だったのだと知り、久留巳はとても嬉しかった。

どこか懐かしい目をして、恭介は続ける。

「動物は嘘をつかないし、命を俺に預けて安心しきってるのを見ると、なんとしてでも幸せにしてやりたいと思った。まあそれも、お前が言うとおり短い寿命の中でだが」

「それも、わかります。精一杯可愛がってあげたいって、いつも思ってました。だけど、私のほうがくるりんに助けられたことのほうが多かったかも」

久留巳の言葉に、かすかに恭介は表情を曇らせた。

「他に相談相手はいなかったんだな」

はい、と久留巳は当時の悲しい記憶を思い出し、俯いて言う。

「相手に怖い思いをさせたり、嫌われるよりはひとりのほうがいいって思ってました。だけど……」

久留巳は顔を上げ、目の前の青い海を見る。

「夏の海水浴シーズンとか。お祭とか。イベントがある時期はどうしても、ひとりがつらく感じました。バレンタインデーもクリスマスも、私にはなんの意味もなかった。どんなふうに賑やかなんだろう。実際に見る花火はどれくらい大きいんだろう。お花見で、友達みんなでワイワイ食べるのは楽しいだろうな、いいな、って……」

胸にこみ上げてくる思いに、つい声に涙が交じってしまったのだが。

「え……っ」

きゅっと恭介が、久留巳の膝の上に置かれていた手を握り、ドキリとする。

「――お前に寂しい思いは、二度とさせない」

力強く言われてそちらを見ると、決意を秘めた恭介の瞳があった。

「俺たちの稼業で、護衛なしの外での宴会は無理だろうが、お前の行きたいところは必ず俺が連れて行ってやる」

「……恭介さん」

久留巳はなんだか目の前に、ピンク色の霞《かすみ》がかかったように感じた。

体が軽くなってふわふわと、空に飛んでいってしまいそうだ。

「きょ、恭介さんが一緒なら、ずっと家の中でも平気です」

ふっ、と引き締まった恭介の表情が和む。

「俺も行きたいんだ、久留巳。人並みの娯楽を、あまり経験していないのは同じだからな」

「じゃあ、もちろん、喜んで！」

「そうか。まずはどこがいい？」

ええと、と久留巳は喜びに頬を火照らせながら、考えを巡らせた。

「今、この状況だけでも……ベンチで港を眺めながら、ふたりで話をしてるのだって、夢みたいです。でも、せっかくそう言ってくれるんだから……」

と、久留巳の視線の先に、小さな遊園地が目に入る。

「あそこ！　遊園地、行ってみたいです！」

「なるほど。よし、行こう」

恭介は立ち上がり、こちらに手を差し伸べる。

「実は俺も、遊園地というのは初めてだ」

久留巳はその手を取り、嬉しさを隠しきれない笑みを浮かべて立ち上がった。


「久留巳、大丈夫か」

「うう……だ……駄目です……腰が、抜けそう……」

様々なアトラクションがある中で、久留巳が最初に選んだのはお化け屋敷だった。

どんなところなのか一度は入ってみたくて、興味深々だったのだ。

乗り物に乗って移動したのだが、その間久留巳はずっと情けない悲鳴を上げ続け、恭介にしがみついていた。

もちろん、本当の人間の怖さを知り尽くしている恭介にとっては、おままごともいいところだっただろう。

そもそも他の客も小中学生が多いから、大人が怖がるほど本格的なものではないのかもしれない。

けれど初体験の久留巳には、充分に迫力と刺激があったたし、その怯え方が面白いと、恭介はずっと笑いを堪えているようだった。

「ほら、しっかりしろ久留巳。入りたいと言ったのはお前だろ」

「そうですけどぉ。音とかも気持ち悪いし、檻に囲まれてるみたいで逃げられないって感じで、なんかすっごい怖かったんです……」

とはいえ苦笑しつつ肩を抱くようにして、しっかりと久留巳を支えてくれている恭介の存在が、頼もしく感じられていた。

「じゃあ次はどうする。……あっちはシューティングゲームみたいだな」

シューティングもまた、ときには本物を扱う恭介にとっては、子供の遊びもいいところに違いない。

「えっと、それなら、あれがいいです！」

久留巳が指さしたアトラクションを見て、恭介は肩をすくめる。

「……怖いのは嫌なんじゃないのか？」

「あれは怖さの種類が違いますから！　きっと平気です！」

そう言って久留巳が恭介を引っ張っていったのは、ジェットコースターだった。

久留巳は高いところやスピードには怖さより爽快感を感じ、思っていたとおり楽しかったのだが。

「あれ。……なんだか、足がへろへろします……」

三回乗って満足した久留巳は、やはり恭介に支えられていた。

「乗りすぎだ、三回も。まあ楽しかったならよかったが」

「つい、調子に乗ってしまいました……」

恭介との距離が縮まってきたように感じて嬉しくて、はしゃぎすぎてしまったらしい。

まったく、と恭介はため息をついたが、その目は優しく笑っていた。

「正直、俺はこれなら幽霊のほうがずっといい。あまり心臓によくない」

「えっ。恭介さん、もしかして怖かったんですか?」

顔をのぞきこむようにすると、恭介はわずかに目元を赤くする。

「そんなわけないだろうが。ただ、あれだ。……急降下から水中の穴に落ちていくのは、少し驚いた」

「ああー、やっぱり怖かったんでしょう?」

「違うと言ってるだろうが。よし、次は俺が決める。あれに乗るぞ!」

そうして次にふたりは、大観覧車に乗った。

もちろんひとつ後ろのゴンドラにはボディガードの小田切が乗り、目を光らせて周囲を警戒しているのだが、ふたりきりの密室であることには変わりなかった。

窓からは、みなとみらい地区の景観が一望できる。

未来都市のような建物と歴史ある古い建物。そして波止場、我が物顔で空を舞う鴎、遠くをゆったり進む大きな船。

「……なんだか夢の中にいるみたいです。嬉しくてたまりません！」

向き合って座った恭介に言うと、こちらに来いと言うように手招きされる。

喜んで久留巳が立ち上がった拍子に、ぐらりとゴンドラが揺れた。

きゃっ、と慌てる久留巳の腕を、恭介がしっかりつかんで隣に座らせてくれる。

「大丈夫か」

「は、はい、動くと揺れるから、ちょっとびっくりしました」

「じゃあ、驚かせたお詫《わ》びを兼ねて、久留巳に渡したいものがある」

なんですか？　と小首を傾げる久留巳に、恭介はポケットから平たく赤い、金色のリボンがかかっている小箱を取り出した。

「これを、いただけるんですか？」

尋ねると、恭介は真面目な顔でうなずいた。

箱を開けると入っていたのは銀色のリングと、細いバングル型のブレスレットだった。

「あっ。もしかしてこれって……結婚指輪、ですか？」

ああ、と恭介はうなずいて、箱からリングを取り出した。

「挙式をしたときには、まだ用意していなかったからな。俺は正直あのころは……結婚そのものに興味がなかった」

はい、と久留巳は神妙にうなずく。形だけの妻、と言われたときの悲しさを思い出したのだ。

「でも、あの。私なんかで本当にいいんでしょうか。私では……なにも組の役に立てないし……姐さんという柄でもなくて……組のお荷物になっているのではと、心配なんです」

ずっと胸に秘めていた不安を口にすると、恭介はこちらを見つめて首を振った。

「俺はお前に、組の役に立ってもらわなければと考えたことはない。……今となっては、組とお前に対する気持ちは関係ない。組の仕事はお前に役立ってもらわなくても、俺がしっかり盛り立てていく」

言って恭介は、優しく久留巳の手を取って、左手の薬指にリングをはめてくれている。

「恭介さん……。綺麗です……すごく、嬉しい……」

感動して頬を染める久留巳の手首に、恭介はブレスレットもはめてくれた。

それは中央の部分が花の形をしているもので、一見すると小さな腕時計のようだ。

「こっちはお守りだ。出かけるときは必ずつけてくれ。……うん。思ったとおりよく似合う」

「ありがとうございます！　私、人からプレゼントされるなんて初めてで……今日、いろいろいただいてしまいましたけど、やっぱりリングが一番嬉しいです！」

そうか、と恭介は、もうひとつ箱を取り出した。

「こっちは久留巳がつけてくれ」

そこには、対になる結婚指輪が入っていた。

久留巳は頬を火照らせて、いそいそと恭介の、男性らしく骨ばった、すっと長い指に自分と揃いの指輪をはめる。

と、はめ終えるや否や、恭介はぐいと久留巳の腕を引っ張った。ことん、と箱が床に落ちる。

「あっ、恭介さん、箱が……」

言いかけたその唇を、唇で塞がれる。

「んっ……」

かすかに、恭介の柑橘《かんきつ》系のコロンがふわっと香った。

軽く振動があって、ゴンドラから降りる地点にきたのを知っても、久留巳はこのぬくもりから離れたくはないと思ってしまう。

だが、観覧車の係員もいるし当然そんなことはできない。

久留巳は嬉しいのと照れているのとで、ほわほわとのぼせてしまったような頭で、恭介に支えられながらゴンドラを降りた。

「どうした、ふらふらして。もしかして怖かったのか？」

からかうように恭介は言い、久留巳はジェットコースターを怖がっていると言ったことへの、仕返しだと気がつく。

「ちっ、違います！」

「そうか？　妙に顔が赤い」

「これはっ、きょっ、恭介さんがあんなこと、するから……っ」

わかっているだろうに知らないふりをする恭介に、ついムキになる久留巳だったが、こんなやりとりすらも楽しい。

コンクリートの地面が、まるで雲の上を歩いているように感じた。

（いつまでも、この時間が続いて欲しい。ずっと恭介さんと、肩を並べて歩いていたい）

久留巳はうっとりして、隣の恭介を見上げる。

「……どうした、疲れたか」

「い、いえ。デートするのって、初めてなんですけど……こんなに楽しいんだと実感していました」

「それはよかった。まだ帰るには早い時間だからな」

「言わないでください！」

思わず久留巳は、耳を塞ぐ。

「恭介さんは、私が独り占めできる人じゃないってことは、わかってます。でも、今はまだ……帰る時間のこととか、考えたくないんです」

「しかしあらかた、アトラクションは乗ったぞ」

「じゃあ、もう一回乗りましょう！　観覧車でも、お化け屋敷でも！」

「さすがに飽きる。またここに来たいと思わなくなったら勿体ないと思わないか」

「そ、それは……そうかも、しれないですが」

ううん、と考えこむ久留巳に、恭介はふっと笑った。

「だったら、少し移動して、また戻ろう」

「移動？　どこへですか？」

首をかしげる久留巳に、恭介は言う。

「動物園だ」

悪戯っぽく恭介は言い、久留巳は驚きつつも大喜びだった。

「動物園って遊園地と同じくらい、一度は行ってみたかったんです！」

久留巳はまったく知らなくて驚いたのだが、みなとみらい地区から歩いて十五分ほどの場所に、県営の動物園がある。

話に聞いたことしかない動物園に、久留巳はなにを見てもハイテンションになっていた。

「かかっ、可愛い！　可愛いです！」

「ああ。間近で見ると大きな動物でも可愛いものだな」

そして恭介もまた、久留巳に負けず劣らず上機嫌になっていた。

愛おしそうに動物たちを見る恭介の新たな一面を知り、ますます好ましいと思う。

そうして動物園で過ごすうちに瞬く間に時間は過ぎ、気がつけば日没を迎えていたが、みなとみらい地区に戻ったふたりのデートはさらに続いた。

「……綺麗……！　こんな夜景も、初めてです……！」

ホテル内のレストランに向かう途中で、久留巳は大きな窓ガラスにかじりつくようにして外を眺めてしまった。

みなとみらいの大観覧車は、電飾の模様を花火のように変えたり、流星のようにキラキラと流れて光る演出で目を楽しませてくれる。

周辺のショッピングモールの明かりだけでも美しいし、そこに行き来するケーブルカーが彩を添え、さらには停泊して展示されている帆船のライトアップも素晴らしかった。

海には提灯《ちょうちん》を吊るした屋形船が浮かび、少し先にはベイブリッジ、遠くには川崎《かわさき》の工場地帯の明かりも見える。

「俺はここの夜景が好きなんだ。仕事でどうにもならない厄介事があったりすると、憂さ晴らしにここにひとりで泊まって、酒を飲んでぼんやりこの夜景を眺めたりしている」

「それじゃ、今度からそんなときには、私も一緒に連れてきてください！」

思わずねだってしまい、久留巳はハッと口を押さえた。

「あっ、その、ひとりになりたいときに利用するんですよね。もしも邪魔にならなければ……気が向いたときに……」

「そんなに気に入ってくれたなら、連れてきた甲斐がある。次にここに来るときも、必ず声をかけよう。……お前と一緒なら、楽しい夜になりそうだ」

うっかり、自分ごときが図々しく高望みをしてしまっただろうか、と久留巳が思ったときにも、恭介は優しい答えを返してくれる。

久留巳はデート以上に、それが嬉しくてたまらない。

（信じて、いいのかな。恭介さんは本当に、私に好意を持ってくれているって……思っていいのかな。お兄ちゃんは、恭介さんに他に女性はいないって言ってたし）

そうだったらどんなにいいだろう。

自己評価の低い久留巳は、なかなか素直に恭介の気持ちを信じることができないでいる。それにまだ心のどこかに、美憂の言葉が残って引っかかっていた。

『恭介さんには何人も女がいるって、前に言ったでしょ。その中の昔の女のひとり。つまり、恭介さんの元カノの身代わりにされてんのよ、あんたは』

美憂によれば、久留巳の髪型も服も、その女性に似せたものだという。

（お兄ちゃんが他に女の人はいないって言ってた。でも元カノの身代わりのことは？　本人に確認するのが、一番いいんだろうけれど……怖くて聞けない）

身も心も溺れてしまうことには、まだ一抹の不安がある。

けれど今日のデートで、押し寄せてくる好きだという気持ちの大波が、防波堤を破壊したように感じられていた。

（恋って、きっとそういうものなんだわ。理屈じゃどうにもならない。駄目だと思っても、気がつけば私の目は恭介さんを追っている。近くにいるだけで、心が浮き立つ。それは自分でコントロールできるものじゃない……）

「久留巳？　まだ夜景に見惚れてるのか」

「……はい」

久留巳は内心の複雑な思いを隠し、にっこりと笑ってみせた。

「でも、お腹が空いてきました」

「俺もだ。そろそろレストランの予約時間だ、行こう」

言って恭介にうながされ、ふたりはホテルのレストランへと移動する。

赤と黒を基調にしたモダンな店内は、厨房《ちゅうぼう》の反対側がすべてガラス張りになっていて、そこからも素晴らしい夜景を見ることができた。

出されたフレンチはいずれも美味しかったのだが、久留巳はどこか上の空だった。

恭介のフォークを持つ手。肉料理に立てる白い歯。ワインを口にする形のいい唇。

そうしたものにいちいち目を奪われてしまう。

（……うん、わかった。もう無理だ、私）

久留巳はとうとう降参して、泣き笑いのような表情になってしまった。

どうした？　と恭介が不思議そうな顔で尋ねてくる。

「いいえ。すごく美味しくて、慌てて食べたら熱かったので」

そう答えて、久留巳は苦笑した。

もちろん、胸の内ではまったく別のことを考えていた。

（誰がなんと言おうと、私は恭介さんが大好き。誰よりも、世界中で一番好き）

やがて料理の皿がすべて片付けられると、デザートとコーヒーが運ばれてくる。

オレンジピールの添えられたガトーショコラは、ブランデーがほんのり香り、甘すぎず、コーヒーによく合った。

「美味しいです……！　口に入れるとほろっと溶けて、チョコレートの香りが口いっぱいに広がって……」

早く食べてしまうのが勿体なくて、久留巳はちまちまと小さく切って口に運ぶ。

「もうひとつ頼んでもいいんだぞ」

「それは、ちょっと恥ずかしいです」

すでに食べ終えている恭介は、微笑みながら久留巳を見ている。

（恭介さんは、今日はこんなふうによく笑ってくれる。それだけでも、すごく嬉しい）

幸せを噛みしめつつ、ガトーショコラを口に運ぶ久留巳に、恭介はさらに嬉しいことを言う。

「……そんなに気に入ったのなら、またここで食事をしよう。別の場所でもいいが」

えっ、と久留巳はフォークを口に運ぶ手を止めた。

「も、もちろん、他でもいいです。他じゃなくてもいいです。また私と今日みたいに、デートしてくれるんですか？」

なんとなく恭介の気まぐれで、今日一日限りのデートのように思いこんでいた久留巳は勢いこんで尋ねる。

すると恭介は、平然と答えた。

「当たり前だ。夫婦になったばかりなんだから、先は長いぞ。何百回することになるかわからないだろうが」

「え……っ。そんなふうに思っていいんですか……？」

感動にうち震えている久留巳を見て、恭介は少し照れたように続ける。

「できるだけ、休みはお前と一緒に過ごそう。そうすると、必然的にデートすることになるだろうが。どこか行きたいところがあったら、考えておけ」

「私は一生同じデートコースでもいいくらいです！　恭介さんとなら、天国でも地獄でも！」

「地獄はどうかと思うぞ」

苦笑する恭介に、久留巳は焦って大慌てで否定する。

「今のはその、つまり、言葉のはずみというか！　私はあまり、デートする場所のこと、知らないですが。一緒にいられたら贅沢は言いませんってことです」

「贅沢も、いくらでも言え。お前のしたいことを俺もしてみたいし、知りたい」

「恭介さん……」

恭介は通りかかった給仕にコーヒーのお替わりを頼み、ふたりのカップが満たされると、改めて久留巳に向き直った。

「デートコースの話だけじゃない。……久留巳。俺はもっとお前のことが知りたい。今日一日過ごして、その気持ちが強くなった」

「嬉しいです。そう言ってもらえて。でも……私は恭介さんのことを知りたいですけど、私自身は……」

久留巳は目を伏せて、カップに上がる湯気を見る。

「知ってもつまらない、と思います。お話ししたと思いますけど、私は地味で不細工で、ぼっちの地味子です。髪型とお洋服を変えてもらったとはいえ、中身は同じままですから」

と、恭介の表情が、この日初めて曇った。

「久留巳。ひとついいか」

せっかくいい感じで話をしていたのに、不機嫌にさせてしまったかもしれない。

はいっ？　と久留巳はびくびくしながら恭介を見る。

「どんな人間にも欠点はあるもんだ。俺だって堅気じゃないから、人のことをあれこれ言える立場じゃないが。……俺は、久留巳に対する低評価は聞きたくない。たとえそれが、お前自身の言葉であってもだ」

思いがけない恭介の言葉に、久留巳はポカンとしてしまった。

「だから二度と、自分のことを悪く言うな。お前は誰がどう見ても、見た目も中身も可愛い女だ。俺が保証する」

真摯に自分を見つめる恭介に、久留巳は胸がジンと熱くなる。

「恭介さんが……そう言ってくれるなら……」

久留巳は涙ぐみそうになるのを堪え、恭介を見つめ返しながら言った。

「自分を好きになれるように、努力します。自信が持てるように、自分磨きも頑張ります！」

よし、と恭介はうなずいた。

「それでこそ、俺の妻だ」

決してお世辞や社交辞令で言っているのではないと、恭介の目を見ればわかる。

第一、恭介がお世辞を言って久留巳の機嫌を取る必要などない。

本心からの言葉なのだと、久留巳には信じられた。

（どうしよう……。なんだかもう、世界中が輝いて見える……夢だったら覚めないで。このままおばあちゃんになってあの世からお迎えがくるまで、ずっと眠っていたい……）

恭介はカップを置くと、舞い上がったようになっている久留巳に言う。

「本当はそろそろ帰宅する予定だったんだが。……久留巳がそんなに気に入ったなら、今夜はこのホテルで部屋をとるのもいいな。明日の予定が調整できれば、だが」

久留巳はただもう、夢中で首を縦に振る。

（恭介さんと結婚して、本当によかった！　形だけだからとか、私は地味子だからとか、ネガティブにばかり考えて、あきらめなくてよかった……！）

料理も夜景もなにもかも、デートのすべてが楽しく素晴らしかったが、今は恭介とふたりきりになりたい気持ちが強い。

早く部屋へ行きたい、という思いで瞳をキラキラさせていたのだが、ふいに恭介は眉を寄せた。

「……無粋だが、組から連絡が入った。少し待っていてくれ」

恭介はスマホをポケットから取り出すと、早歩きでレストランの外に出て行く。

はい、と素直にうなずいて久留巳は恭介の背中を見送った。

（なにか悪い知らせじゃないといいけれど。でも、独り占めできない立場の人だっていう

のは、わかっていたことだし）

窓から見える、電飾で七色に輝きを放つ大観覧車の中央についているデジタル時計を、久留巳は見つめる。

時刻は十九時二十三分。恭介はそれから五分後、テーブルに戻ってきた。

その険しい表情を一目見て、久留巳はなにかあったと察する。

「すまない、久留巳。うちの系列の店で、赤穂組との揉め事があったらしい。事務所に戻らなきゃならなくなった」

「はい。急いで出ましょう」

胸中では、激しく落胆していた久留巳だったが、顔には出さずに立ち上がった。

組になにかあったときには、私情を押し殺して対応する。それが久留巳が見ていた、母親の姿だった。

だからデートの続きをしたいなどと、子供っぽい我儘《わがまま》を言うつもりはまったくない。

ところがそんな久留巳を、恭介はやんわりと、手で押し留めるような仕草をした。

「俺は小田切の運転で事務所に向かうが、久留巳は来ないほうがいい。別の車を用意させたから、それでマンションに戻れ」

「えっ……私も一緒じゃ駄目ですか」

ああ、ときっぱり恭介は言った。

「こういうときは、組の連中も気が立っている。なにがあるかわからない」

確かに自分が行ったところで、足手まといなだけだろう。

久留巳は母親のように、姐さんとして組員たちに認められ、慕われているわけではない。

そんな気持ちを察したのか、恭介は耳元で囁いた。

「片付いたら、すぐに帰る。晩酌の用意でもして、待っていてくれ」

以前なら先に寝ていろと言われたのに、今は待っていてくれと言われたことが、久留巳は嬉しかった。

「わかりました。何時まででも待ってます」

いい子だ、と恭介はからかうように言って、そっと久留巳の髪を撫でた。

「もうしばらく、追加のデザートでも楽しんでいてくれ。車が到着したら、迎えをここに寄越す。……橋田《はしだ》という男だ。挙式のときにもいた。……この顔だ、知ってるだろう？」

恭介はスマホの画面を差し出し、坊主頭に顎髭を生やした、目つきの悪い男の画像を見せる。

「は、はい。見た覚えがあります」

「こいつが来たら、一緒に駐車場に向かってくれ。……それじゃ、行ってくる」

「はい。いってらっしゃい、恭介さん。気をつけて」

久留巳の言葉に軽くうなずくと、恭介は表情をガラッと厳しいものに変えて、足早にレストランを出て行った。

ぽつんとひとり取り残された久留巳は、手持ち無沙汰なので仕方なく、もう一杯コーヒーを注文する。

なにかケーキでも頼もうかと思ったが、さすがにお腹がいっぱいだった。

それに今はどんなものを食べても、あまり味がわからない気がする。

(最後はこうなってしまったけれど、夢みたいに素敵な一日だった。どこでなにをしたのか思い出しても、全部の記憶が楽しくて嬉しくなる。私だけが特別なんじゃなくて、恋愛をしている人って、みんなこんな気分なのかな……?)

久留巳はそんなことを考えながら、恭介がいなくなった正面の椅子を見る。

今はデートどころではないと理屈ではわかっていても、ぽっかり胸に穴が開いたように感じてしまう。

(恭介さんがいるかいないか、視界に入るか入らないかで、こんなに世界が違って見えるんだわ。彼がここにいないと、灯りが消えてしまったみたい。ああ、それにしても)

久留巳はテーブルの上で、細く頼りない指を組み合わせる。

(こんなとき、妻としてなにもできないのが不甲斐ないわ。楽しいことばかりじゃなくて、苦しいときも大変なときも一緒に乗り越えていきたいのに)

久留巳はそう思ってため息をついたが、今できることをやるだけだ、と気持ちを切り替える。

（いつまでもくよくよしていたら、暗くてネガティブな昔の私のまま。そんな妻、恭介さんにも申し訳ない。……よし、今日は帰ったら、美味しいおつまみを作ろう。家で晩酌したいなんて言ってくれたの、初めてだもの。冷蔵庫にはまだお豆腐があったから、あれでなにか作ろうかな）

冷蔵庫の中身で作れるレシピをスマホで検索していると、ドスドスという重い足音が近づいてきた。

顔を上げると坊主頭の大男が、ぬっとこちらに顔を突き出す。

「失礼いたします、久留巳さん。お迎えにあがりました！」

恭介が画像で示した男、橋田だ。野太い声で言われて、久留巳はビクッとした。

「あっ、はい、ありがとうございます！」

思わず姿勢を正して立ち上がった久留巳の前で、どうぞ、と先へ促すよう橋田は手を差し伸べる。

あたふたとレストランを出てエレベーターホールへと、久留巳は自分の後ろから護衛としてついてきてくれる橋田に、急き立てられるようにして向かった。

駐車場で待機していた車には、もうひとり若い運転手が乗っていた。

こちらも坊主頭で、後ろから見るとお萩《はぎ》がふたつシートの背もたれからのぞいているようだ、とこっそり久留巳は思ってしまった。

久留巳は発進した車の後部座席で窓の外を見ながら、あまり大きな揉め事に発展しないようにと念じていた。

(恭介さん、そろそろ事務所に着いたころかな。危ないこととか、ないといいけれど)

と、運転席から舌打ちが聞こえてきた。

「……なんだ後ろのワゴン車。妙に煽《あお》ってきやがる」

ぼそっとつぶやいて、車は速度を上げた。

「おい、あまり飛ばすな。久留巳さんが乗っていらっしゃるんだぞ」

「でも兄貴、後ろのやつ、うざくねえすか」

橋田の注意に、運転手は申し訳なさそうにしつつも言い返す。

「ほら、スピード出してもべったり張りついてきやがって」

「放っておけ。さっさと横にどいて先に行かせちまえ」

「条願組の車って知ったら青くなるだろうに、腹立つなあ」

運転手は渋々と、橋田の言うとおり車線を変更した。

だが、横を抜き去っていくどころかそのワゴン車は、こちらにくっついて同じ車線に入ってきて、ヘッドライトを点滅させせる。

「パッシングしてきやがった！　くそ、完全に喧嘩売ってきてるじゃねえか！」

「……仕方ねえな。面倒だが、振り切れ」

「わかりました！」

運転手は言って、アクセルを踏みこむ。

「オービスと覆面パトカーには気をつけろよ！」

「それもわかってます！」

ぐんと速度を増した車に、怖い、と久留巳は思った。

しかし、それを言ったら若頭の妻のくせに意気地がない、と思われるかもしれないと考え、ぐっと我慢する。

(嫌だなあ。なんで煽ってきたり、追いかけてきたりするんだろう。こんなことして、いったいなにが面白いの？　小さな子でも乗っていたら、どうするつもりなのかしら)

唇を噛み眉を寄せ、久留巳はハラハラしながら後ろをうかがう。

他の車の間を縫うようにしながら、カーレースがさらに十五分ばかりも続いたころ、橋田も運転手も我慢の限界に達したらしい。

「ああもう、埒《らち》が明かねえっすよ、兄貴！」

「久留巳さんをお預かりしてるってのに、このまま続けて事故っちまったら、若に顔向けできねえな。仕方ない、横道に入れ」

橋田の指示で、車は大通りから脇道に入っていく。

久留巳は不安を感じながら、すごい勢いで通り過ぎていく窓の外を見ていた。

と、しばらく先に駐車場のあるコンビニが見えてくる。橋田が運転手に告げた。

「そこで停めろ。……やっぱりついてくるな」

こちらが左のウインカーをつけると、ワゴン車もウインカーを出している。

「野郎、舐めやがって！　ただじゃ済まさねえぞ！」

車を停止すると同時に、運転手はシートベルトを外して飛び出した。

そして、少し離れた場所に停車したワゴン車に向かって駆け出していく。

「あっ、バカ、ことをでかくするんじゃねえ！　久留巳さん、待っててください」

橋田も言って、久留巳が止める暇もなく運転手のあとを追う。

（どうしよう。喧嘩になっちゃうのかな。おまわりさん……を呼ぶわけにはいかないし）

スマホを握っておろおろしていた久留巳は、ふとワゴン車の異変に気がついた。

こちらの運転手も橋田も、それぞれワゴン車の運転席と助手席に乗っていた相手と揉めているようだが、ふいに後部ドアが開いてそこから男がふたり降りてきたのだ。

橋田たちに危害を加えるのでは、とハッとした久留巳だったが、そうではなかった。

男たちはどういうわけか、こちらに向かって一直線に走ってきたのだ。

「えっ……なに」

きゃあ！　と叫びかけた口を、久留巳が座っている後部座席のドアを開いた男の手が、乱暴に塞いだ。そしてそのまま久留巳を押し倒すようにして、車に乗りこんでくる。

エンジンがかかったまま、キーもささっている運転席にも男が飛び乗ってきて、ドアを閉めるや否やシートベルトもせずに車を発進させた。

グオッ、キイイ！　と激しくタイヤが音をたてる。

（誰？　どういうことなの？）

口を塞がれたまま混乱と恐怖に、久留巳の顔は引きつっていた。

男たちはふたりとも大柄で、黒いジャージの上下を着ている。どちらもマスクをつけているので、顔立ちはまったくわからない。

だが、パンチパーマとオールバックという髪型からして、こちらの世界の人間なのではないかと久留巳は思う。

（もしかして、敵対している組の人間……？　私を誘拐した、とか？）

眉を寄せ、口を塞いでいる相手を睨むと、男はぼそっと言った。

「おとなしくしてな。無駄な怪我はしたくねえだろ」

その口調に、久留巳はやっぱり組関係の人間だ、と確信を深める。間もなく車は、コインパーキングの手前で停車した。

「降りろ！　さっさと歩け！」

男は久留巳を引きずり出すようにして車を降りさせると、パーキングの奥に駐車してあった、黒いセダンに近づいていく。

この車に乗せられるのだろうか、と久留巳が思ったそのとき、男がぴたりと足を止めた。

「そうだ、スマホを出せ」

おそらく、ＧＰＳ機能で居場所を探されることを警戒したのだろう。

（……今日のデートの画像が、たくさん入ってるのに）

久留巳は悔しく思ったが、背に腹は代えられない。渋々渡すと、男はそれを近くの藪《やぶ》の中に放り投げてしまった。

「よし、車に乗れ」

もうひとりの男がそのセダンの運転席に乗り、久留巳は再び後部座席に押しこまれた。

すでに久留巳の口は塞がれていなかったが、叫ぶことはしなかった。なぜなら、脇腹にナイフの切っ先が押し当てられていたからだ。

臆病で弱虫という自覚がある久留巳だったが、なぜか恐怖の涙は出てこない。

どうしてだろう、と自分でも不思議だった。

（条願組の車を捨てて、自分たちであらかじめ用意していた車に乗り換えたのね。ということは、計画的に私をさらったんだわ）

奇妙なほど冷静に、久留巳はそう考えていた。

そしてその推測は当たっていたらしい。三十分ほど走った車が向かったのは、人間を拉致監禁するのにちょうどよさそうな、倉庫の前だった。

◆◆◆

「久留巳が……拉致されただと……⁉」

橋田から報告を受けた恭介は、一瞬頭の中が真っ白になった。

『申し訳ありません、若！　煽られて、カッとなっちまって……この不始末、指の十本に足の指もつけてお詫びします！』

「それどころじゃねえ！」

という大喝が恭介の返事だった。

「なんでもいいから、久留巳を探せ！　見つけたら家でも城でもくれてやる！」

怒鳴りつけて電話を切ると、今度はあまりの剣幕に部屋の隅で縮こまっている幹部たちに、檄《げき》を飛ばした。

「場所は探知できるんだろうな？」

「は、はい、それはすぐに、なんとか」

「声が小さい、聞こえねえぞ！」

ドカッと机を蹴り上げると、幹部たちがビクッとして直立不動になる。

「ただちに割り出します！」

「急げ、十秒でなんとかしろ！」

自分でも理不尽なことを言っているのはわかる。

しかし恭介は、かつてないほどの焦燥感と激しい怒りに、我を忘れそうになっていた。

(落ち着け。どうしたんだ、俺は。舎弟どもに当たったって仕方ないだろうが。……頼む、無事でいてくれ、久留巳。お前に手荒なことをされたらと想像するだけで、俺は目の前のなにもかもをぶっ壊したくなってくる)

恭介は爪で皮膚を破って血がにじむほどに、きつく拳を握る。

(腹が立つよりなにより、お前が心配だ。無事ならそれでいい。俺の首を代わりに差し出せというなら差し出す。……それじゃ組に迷惑がかかっちまうが、それでも……)

考えながら、恭介は自分の久留巳に対する気持ちが、ここまで大きくなっていたのを自覚して、唖然とした。

(ガキのころから、自分の人生よりも組が大事だと教えられて生きてきた俺が。今は久留巳のほうが、ずっと大事だと思うようになっている。組よりも。自分よりも……)

そして、それを自覚したのは恭介だけではないようだった。

幹部たちもまた、常に冷徹なまでに冷静な恭介の取り乱しように、自分たちの若頭にとって妻がどんな存在なのか、わかったらしかった。

「若！　お車、すぐに出せます！」

「自分と三人、護衛としてお供させていただきます！　チャカも用意してますんで！」

わかった、と恭介は短く答え、事務所の部屋をあとにした。

◆◆◆

久留巳が拉致された倉庫は一軒家程度の広さがあった。なにかの資材置き場らしい。機械のようなものと、段ボール箱が大量に積んであり、人がいられるスペースは六畳程度しかなかった。

資材が積まれていないほうの壁は大きなシャッターが下りていて、窓はどこにもない。ドアを閉めると真っ暗だったが、すぐに上からむき出しで吊るされている、電球のスイッチが入れられた。

久留巳はパイプ椅子に座らされ、ここに連れてきたパンチパーマの男は段ボール箱の上に座って、しきりと誰かとスマホで連絡を取っている。

もうひとりのオールバックの男は煙草を吸い、ペットボトルの水を飲んだ。

押し黙っている久留巳は、両手首をビニール紐できつく縛られ、おとなしく椅子に座って目を伏せている。

（私を非力で弱々しい女だと思っているのか、足までは縛られてない。隙があれば逃げられるかも。走るのは速くないけれど……たとえば、夜になってこの人たちが眠ったら、チャンスはあるわよね。でもさすがに眠るときには、厳重に拘束されるかしら）

ひたすら怖くて身動きもできない、というふりをして、久留巳はなるべく男たちを刺激しないよう、じっとしていた。

「……かりました。はい……はい、それはそうですけど。手筈《てはず》どおりにこっちは上手くやったじゃないですか。長時間ここにいるのはしんどいですよ。……はい、了解です。そっちはそっちで、よろしくお願いします」

パンチパーマの男は電話を切ると、ため息をついた。

「おい、どうなってるんだ。上手くいってないんじゃねえだろな」

オールバックの男が不安そうに尋ねると、パンチパーマの男はしかめっ面で答えた。

「囮《おとり》に使った店の揉め事に、別の組まで絡んできちまったらしい。たまたま居合わせたらしいんだが、岡村《おかむら》組の幹部に怪我をさせちまったとかで」

「はあ？　条願組に、歌舞伎《かぶき》町のシマから手を引かせる交渉はしてるんだろうな？」

「先に岡村のほうに詫びを入れるんだと。条願との取引前に、他に敵を増やすわけにいかおおまかなねえからな」

「なんだよ、こっちは夕飯もまだだってのに、随分と時間がかかりそうだな」

男たちが忌々しそうに語る内容から、久留巳はなぜ自分がさらわれたのか、おおまかな見当がついていた。

（私を人質にすることで、条願組のシマを自分たちのものにするつもりなのね。……そんなことをしたら、一時的に自分たちのシマが増えたとしても、組同士の溝は深くなっていくでしょうに。……でも、そうだわ。これまで拮抗《きっこう》を保っていた、組と組とのバランスが崩れたのだとしたら、もしかしたら原因は……）

自分という弱点が、恭介にできたからではないだろうか。

（私のせいで、恭介さんと組に迷惑をかけてしまうかもしれない）

そう考えて、久留巳は唇を噛む。

と、パンチパーマの男がつかつかと、久留巳に近寄ってきた。

「くそ。暇だし腹は減ったし、憂さ晴らしといくか」

あーあ、と大きく伸びをしてから、久留巳の顔をのぞきこむようにする。

「ふーん。鬼丸組の娘と聞いてたが、あそこの組長には似てねえな」

聞いていたオールバックの男が、げらげら笑った。

「母親に似てよかったな、お嬢ちゃん。……いや、お嬢ちゃんじゃねえか。もう人妻だもんな」

「それに場合によっちゃ、父親に似ていたほうがよかったかもしれねえぞ」

ごつごつとした指が、細い久留巳の顎をぐいとつかんで上を向かせる。

「そうしたら、こっちもその気にならないで済んだからな」

（……なに。どういうこと？）

眉を顰めたのは、久留巳だけではなかった。

オールバックの男が、慌てたように言う。

「おい待て、妙な気を起こすなよ！　いくらなんでも条頭組の若頭の女房を傷物にしたら、本格的な大抗争になっちまうだろうが！　さすがにそこまで恨みを買うような真似は、うちの組長だっていい顔はしねえぞ」

「そうだよなあ。バレたら大事だ。話が広まったら、あんただって困るだろ」

パンチパーマの男は、舌なめずりをして、久留巳をじろじろと見た。

「だからバレねえように、こっそりすればいい。そうしたら、なかったも同じことだ」

男のニンニク臭い息が顔にかかって、久留巳は顔を顰めた。

「あんたもガキじゃねえんだから、言ってる意味はわかるだろ。おとなしくやらせてくれりゃ、こっちも優しくしてやるよ」

冗談ではない。確かに黙っていたら、恭介は気がつかないかもしれない。

しかし嘘をつきたくなかったし、なによりこんな男に触れられるなど、考えただけで吐きそうだ。

男の節くれだった指が、ゆっくりと久留巳の顎から喉にかけてすべる。

その指が、つっと首の後ろに回ってボレロを肩から落とし、ワンピースの背中のファスナーをゆっくりと下ろし始める。

「……おい。まじで厄介なことになるからやめておけって」

オールバックの男が、呆れたように言う。

「うるせえな。お前は黙って見てればいいだろ。……どうだ、この肌。見てるだけじゃ勿体ねえだろうが」

背中のファスナーが、手が縛られている腰のあたりまで引き下ろされる。

上半身を下着一枚の姿にされ、倉庫の隙間から吹きこむ冷たい風が肌を刺す。

久留巳は羞恥と屈辱を、必死に耐えていた。

そうしながらも自分に対して、かつて感じたことのない憤りを覚える。

（ああ、情けない。これじゃ私は、条願組のお荷物だわ。私は若頭の妻なのに、このままじゃ恭介さんの足手まといになってしまう！）

恐怖だけでなく自分の弱さに腹が立ち、悲痛な顔をしている久留巳は、ますます男の嗜《し》虐心《ぎゃくしん》を煽るようだった。

ひゅーっ、と男は口笛を吹いてにんまりする。

「清楚なワンピースの下は、黒いランジェリーか。たまらねえな」

じろじろと胸元を見つめられ、久留巳は恥ずかしさのあまり、泣きそうになったのだが。

「どれ、中身はどうなってるのか……」

言いながら、男の太い指がブラジャーに触れようとしてくる。

（イヤ！　やめて！　……恭介さんが、一番好きだと言ってくれた下着。誰にも見せたくない、恭介さんにしか触らせたくない下着。……私の、大切な大切な……！）

「――触るな」

我知らずドスの利いた声が、久留巳の小さな唇から漏れた。

前にもこうしたことがあった。美憂から、服に触れられたときだ。

体の底からマグマのように、底知れない憤怒と激情が突き上げてくる。

「ああ？」

なにか言ったか？　とパンチパーマの男が首を傾げた次の瞬間。

「つぐああっ！」

どすっ！　と久留巳は思いきり男の股間に、ハイヒールの踵をめりこませていた。

「触るなって言ったんだ、このクズ！」

立ち上がった久留巳は床に這いつくばって股間を押さえ、悶え苦しむ男の尻を、再び思いきり蹴り上げる。

「鬼丸の娘を舐めるな！」

啖呵《たんか》を切ってもうひとりをキッと睨むと、久留巳があまりにも意外な言動をしたからだろう、オールバックの男は一瞬怯んだ顔をして後退った。が、我に返ったように、ポケットから折り畳みナイフを出す。

「おとなしくしやがれ、このアマ！」

キラッと電球の明かりにナイフの刃が光ったが、久留巳は怖がるどころではなかった。

（恭介さんと初めてのデートで買ってもらった、大事な下着を！　なんであんたたちなんかが見てるのよ！　それに私を利用して恭介さんに迷惑をかけるなんて……許せないっ！

絶対に許さないっ！）

「たとえ刺し違えてでも、あんたのタマも蹴りつぶしてやる！」

久留巳が覚悟を決めた、そのとき。

バキッ、ドーン！　と物凄い音がして倉庫のドアが開いた。

そこから黒い弾丸のように飛びこんできたのは。

「久留巳っ！」

鬼のような形相の、恭介だった。

「恭介さんっ！」

りつけた。

「野郎、なんでここが……！」

ナイフを手にしていた男の腕を、恭介は左手で軽々とつかみ、右手で思いきり顔面を殴
がっ！　と男は鼻から血を噴いて床に叩きつけられる。わあっ、と恭介の背後から組員たちが雪崩《なだれ》を打って入ってきて、床に倒れている男ふたりを次々に拘束した。

「大丈夫か、久留巳！　どこか怪我は！」

「な、ないです……！」

恭介は急いで上半身が下着姿になっている久留巳のワンピースを引き上げ、ずり落ちたボレロを着せかけてくれた。

ふわりと恭介の香りが久留巳を包みこみ、たまらない安心感に包まれる。

久留巳の背後で縛られていた手の紐を解くと、恭介はギロリと床の男たちを見た。

そしてずかずかと、簀《す》巻《ま》きにされて地面に転がっている男たちの前に歩いて行き、ひとりの髪をぐいとつかんだ。

「見ない顔だな、下っ端か。……久留巳！　こいつらに、なにかされたか」

こちらに背を向けたまま言う恭介に、久留巳は急いで乱れた服を直しながら、ぶんぶんと首を左右に振った。

「されません！　阻止しました！」

「……そうらしいな。途中から外にも聞こえていたが」

えっ、と久留巳は真っ赤になる。

（つい、はしたないことを口走っちゃったのを、恭介さんに聞かれていた？　どっ、どうしよう、私ったら！）

はわわ、と恥ずかしさに両手で久留巳は顔を隠してしまう。

「どうした、久留巳！　どこか痛むか？」

恭介が手を離したため、男は顔から、ゴンと床に落下する。

「ちっ、違います！　ただその。聞かれてしまったんだなって、恥ずかしくて」

駆け寄ってきた恭介に、嫌われたのではないかと恐れながら、もそもそと久留巳は言う。

「恥ずかしいことなどあるか」

恭介はニヤリと笑って、そっと久留巳の手を取る。

「むしろ、知らなかったお前の一面を見れて嬉しい。それに」

恭介は背後を囲む複数の組員を見回して言う。

「あいつらは、見直した、って顔してるぞ」

恭介が言うとおり、組員たちの久留巳を見る目には、なぜかキラキラした輝きがある。

「若の言うとおりです、久留巳さん！　……いや、姐さん！」

「えっ。あ、姐さん……？」

ポカンとしている久留巳に、組員たちは次々に賛辞を述べる。

「さすが若のお相手だ。啖呵の迫力が素人《しろうと》とは違いましたよ！」

「おみそれしました！　こりゃあ俺たちも半端なことすると、姐さんにどやされるようになっちまうな」

（ええと……これは、喜んでいいのかな）

どうリアクションを取っていいのかたじろいでいると、久留巳の無事を確認した恭介は、男たちのほうへ近づいた。

「運のいい奴らだ。もしも久留巳に触れていたら、今ごろ貴様らは息をしていないところだ。手出しさせなかった久留巳に礼を言うんだな」

恭介は、ガッ！　ゴツッ！　と順番に男たちの頭を蹴る。

「ぎゃっ、いっ、痛えっ！」

「うぐっ！」

「喚くな、うるさい」

次いで恭介は、詰問した。

「聞きたいことがある。……久留巳が乗っていた車を、どうやって知った？」

低い静かな声だったが、どこか地の底から聞こえてくるような、恐ろしい声音だった。

組員たちに手足を拘束され、頭から血を流しながら、男たちは押し黙っている。

恭介は淡々と、冷徹に続ける。

「あれは組の車じゃない。なにかあった場合にと、うちの系列の中古車販売業者のところに置いてある幹部の私物だ。車種もナンバーも、ごく一部の組員しか知らない」

周りにいる組員たちも、恭介の内に秘めた怒りを恐れたか、息を殺し微動だにしない。

「俺は、あまり野蛮な真似は好きじゃない」

面倒くさそうに恭介は吐き捨てた。

「妻の前では特にな。一本ずつ歯を抜いたり指をつぶしたり、そんなグロテスクなものは見せたくないんだが……場合によっては仕方ない」

やれやれという調子で恭介が話すのを聞くうちに、男たちの顔は蒼白《そうはく》になっていく。

「……もう一度だけ聞く。久留巳が乗っていた車を、どうやってお前たちは知った？　三つ数えるうちに答えろ。一……」

「あっ、あんたんとこの、会長のガキだ！」

まだ恭介が一しか言わないうちに、恐怖に耐えかねたらしく悲鳴のような声で、パンチパーマの男が答えた。

「そうだ、そもそもその女から持ちかけてきた話だ！」

オールバックの男も、同調して叫ぶ。

「シマ一個、簡単に手に入れる話があるって……うちの組は今、手柄を競ってるトップの幹部がふたりいる。そのひとりに、女が接触してきたんだ。ふたりで出かけたあんたらのうち、あんたを事務所に戻せば、女房がひとりになる。そこをかっさらえば、いい交換条件になるって言われてよ」

「小遣いが足りねえって話だった。そ、それで、五十万でいいって言われたから、そんなはした金だったら安いもんだって兄貴が飛びついて……ほ、本当だ、兄貴もすぐに信用するお人よしじゃねえから、録音だってしてあるはずだ！　声紋調べりゃ一発だろうが！」

（会長のガキ……？　って、まさか……）

思い至って、久留巳は両手で口を押さえた。

「美憂さん……？」

脳裏に浮かんだ化粧の濃い顔に、久留巳は眉を顰めた。

「沢田《さわた》！　すぐに会長に連絡を取れ。川村《かわむら》、広岡《ひろおか》！　こいつらはあとで赤穂組との交渉のカードに使う。監禁しとけ！」

条願組の組員たちに告げると、恭介は久留巳のもとに戻ってきた。

発散されていた殺気がすーっと失せていくのが、恭介の表情からも見て取れる。

「本当に、どこもどうもないんだな？」

言いながら恭介は、改めて久留巳の頭の上から足の爪先までを検分する。

「恐い思いをさせて悪かったな、久留巳」

力強い腕が、久留巳の肩をそっと抱いた。

「いいえ。こういう危険がつきものだと、覚悟の上で私は恭介さんに嫁ぎました。……あなたの邪魔にならないよう、これからもっと気をつけます」

「……久留巳……」

恭介の目の下がわずかに赤くなり、目には慈しむような色が浮かぶ。

だが、なにか言おうと開かれた唇は、慌てたような咳払いに変わった。

「恭介さん？」

「いや。少し喉が苛ついただけだ。……早く帰りたいが、まだ少し仕事が残っている。行こう」

恭介は言うと、久留巳の肩を抱いたまま、いつもの小田切が運転する車へと向かったのだった。


「そんなのなにかの間違いよ！　私がそんなことするわけないじゃない！」

恭介が向かったのは、祖父である会長の自宅だった。

恭介の要請で、近くの愛人のマンションから、美憂を呼び出している。

条願組の組長宅のような日本家屋とは違い、こちらは派手な外観の洋館だ。

骨董品《こっとうひん》のようなシャンデリアが吊るしてある、広い応接室の皮張りソファ。

そこに座っている、和服を着て白い口髭を生やした会長は、困惑した表情で、部屋の隅で泣きわめく娘を眺めつつ言った。

「……美憂が、組の情報を売った、だと。……恭介。お前がそう言うからには、証拠はあるんじゃろうな」

「当然でしょう。美憂さんは私にとっても血縁者。滅多なことじゃ嫌疑はかけませんよ。とりあえず、こちらを」

恭介は久留巳をさらった男たちが話した一部始終が収めてある動画を、会長に見せる。

『小遣いが足りねえって話だった。そ、それで、五十万でいいって言われたから、そんなはした金だったら安いもんだって兄貴が飛びついて……』

動画の再生が進むにつれて、会長の表情は厳しいものになっていく。

同時に、美憂の顔色も変わっていった。

「合成よ、そんなの！　パパ、だまされないで！」

必死に釈明する娘に、会長は胡乱《うろん》そうな目を向ける。

「まあ確かに昨今は、そういうこともできるらしいな、恭介」

「この現場には俺だけでなく、組員も数人いました。沢田や川村、幹部クラスの連中もです。その全員が意味もなく示し合わせて嘘をつき、短時間で合成の動画を作り上げたと判断するなら、好きにしたらいい。……会長も耄碌《もうろく》したもんだと評判が立つでしょう」

皮肉を言われた会長は、ジロリと横目で恭介を見たが反論はせず、視線を美憂に向けた。

「ということらしいぞ、美憂」

「なによ、そんなの出まかせよ！　適当なことを言って、誤魔化そうとしてるんだわ」

「わしにはお前が、そうしておるように聞こえるがな」

会長に言われて、美憂は顔を赤くする。

「パパまでひどい……！　だ……大体、もとはと言えばあんたが悪いのよ！」

あんたが、と指を差されたのは、恭介の背後に立っていた久留巳だった。

「えっ。私が、なにを……？」

驚いて久留巳が問うと、美憂はかんしゃくを起こしたように言う。

「あんたが、恭介さんと結婚なんてするから……！　あんたみたいなちんちくりんが妻になるなんて、恭介さんに恥をかかせるだけってわからないの？　他の組からも笑いものになっちゃうわよ！」

美憂は開き直ったように、挑戦的に久留巳を睨んだ。

「あんたの存在は、組にも恭介さんにも、みーんなに迷惑なの！　それがなによ、髪型なんか変えちゃって、調子に乗って奥さんヅラして……バカみたい！　だから私が、恭介さんがあんたと離婚しやすくなるように、きっかけを作ってあげたのよ！」

「美憂……お前は……」

げんなりしたように会長が言い、左手で額を押さえる。

「ねえパパ、私の気持ちわかるでしょ?」

次に美憂は、すがるように恭介を見て駆け寄った。

「恭介さんも! 一番の被害者はあなたじゃないの。組の都合で無理矢理結婚させられて、仕方なく一緒に暮らしてるんでしょ? 責任感が強い恭介さんだから、我慢してるのはわかってるわ」

「悪いが、見当違いだ」

「どうして! 私のほうがずっと美人だし、昔から知っている仲じゃない! なんだってこんな不細工女をかばおうとするのよ!」

「不細工女? お前のことか。それならかばうつもりなど毛頭ない!」

まとわりつこうとする美憂の腕を、恭介は思いきり振り払った。

あっ、とはずみで美憂はよろけて、へなへなと床に腰をつく。

まだあきらめていないらしく、恭介を上目遣いに見上げ、鼻にかかった甘ったるい声で抗議した。

「ひどい、恭介さん! 女の私に暴力を振るうなんて!」

「ひどいのはどちらだ」

氷の悪魔のように冷徹な声で、恭介は言う。

「久留巳を拉致するよう、赤穂組に話を持ちかけたのが本当なら、俺は血縁者だろうと女だろうと容赦しない。鼻をそがれたくなければ、きっちり久留巳に詫びを入れろ！」

「嫌よ！」

美憂は床に座りこんだまま、駄々っ子のように泣きながら、やだやだと両手をじたばたさせる。

「そんな女に謝るのも、鼻をそがれるのも嫌！　なによ、みんなして私を悪者にして！……パパ、なんとか言ってよ！　若頭より、会長のほうが偉いでしょ！」

言われた会長はうんざりした顔をしていたが、やがて疲れたようにため息をついた。

けれどその皺深い顔の、垂れた瞼の隙間からのぞく目に、ふいにぎらっと現役時代を思い出させる、極道の鋭い光を浮かべる。

「――終わりだ、美憂」

「……え……？」

「終わりだと、言っとる。私情で組を裏切り、組員たちに迷惑をかけたお前をかばってやるほど、わしは老いぼれてはおらん。そんなことをしとったら、いずれ身内に背中から刺されるわい」

「パ……パパ……なに言ってるの？」

それには答えずむっつりとした顔で、会長は懐からスマホを取り出し、どこかへ電話をかけ始める。

「わしじゃ、美奈代《みなよ》。……お前、娘が不始末をしでかしたのを知っとるか。……そうか、知らんか。ならお前にとっては災難だが、その家からすぐに出て行ってくれんか。……あ、すぐ、今日中にだ。手切れ金はいくらか持たせてやるが、それ以上のことはできん。……お前も極道の愛人を務めてきた女だ。言ってる意味は、わかるな？」

漏れてくる会話を聞くうちに、美憂は小刻みに震え出し、真っ青になっていった。

大体の経緯は、久留巳にも理解できる。

（美憂さんは、会長さんの愛人の娘さんだって聞いたわ。手切れ金ていうことは……）

会長は電話を切ると、美憂に冷たく告げる。

「お前とはもう、赤の他人じゃ。とっとと、出て行け」

「パパ……」

「わからんのか、美憂！」

会長は、ドン！　とテーブルを思いきり叩く。

「お前は組の人間を売った。わしの娘だから、これで済ませとる。でなければ女だろうと、指の一本二本じゃ済まんことをしたんじゃぞ！」

「別に、指はいらないが」

恭介は相変わらず、冷徹な声で言った。

「久留巳に謝れ」

美憂はようやくことの大きさに気がついたのか、涙に濡れ、引きつった顔をこちらに向ける。そして、うなだれるようにして、久留巳に頭を下げた。

「ご……ごめん、なさい……」

謝られたからといって、嬉しいわけでもなんでもない。

けれど、とにかくこれで騒動は終わったのだと久留巳は思った。

今はただ、早くこの重苦しい空気の流れる屋敷を出て、恭介といつものように過ごせる暖かいリビングで、くつろぎたくて仕方なかった。


――一時間後。

念願の自宅のリビングで、久留巳は改めてホッとしていた。

自分も恭介も楽な部屋着に着替え、お茶を淹れて息をつく。

「お前が無事で、本当によかった……」

ソファに座った恭介は、隣の久留巳の頭を、自分の肩にもたれかけさせる。

久留巳は優しい手に従順に身を任せ、うっとりと目を閉じた。

「もう少し恭介さんが来るのが遅かったらと思うと……ちょっと震えてしまいそうです」

「もし間に合っていなかったらと想像すると、俺も怖い。お前が立ち向かったことは……

俺の嫁としてよくやった、と思う反面、二度とそんなことはしないでくれ、とも思う」

「え。でも、組員さんたちは褒めてくれましたよ？」

「それでもだ。もしもお前が深い傷でも負っていたら、取り返しがつかない」

恭介が真剣に自分の身を案じてくれていることは、久留巳にもよくわかった。

「でもあのときは、怒りすぎて我を忘れてしまって。……自分でも、よく立ち向かえたと不思議なくらいなんです。護身術を習っていたので、無意識に体が動いたのかも。……みっともないところを見せてしまって、ごめんなさい」

謝罪する久留巳の髪を、恭介は優しく撫でた。

「誤解のないように言っておくが、……俺はお前のああいうところも、その……好きだと思う」

本当に？　と身体を起こして正面から見つめると、恭介はまたほんのりと目元を赤くしてうなずく。

「好きだが、危険なことはしないで欲しい。今回のことは巻きこんだ俺が悪いんだがな」

「巻きこむなんて。むしろ私が人質として利用されそうになって、組のみなさんに迷惑をかけてしまったのが悔しいです。私はあなたの妻になったのだから、ちゃんと組の役に立ちたいと思っているのに」

「お前はもう、充分役に立っている。お前がいてくれるから、俺は頑張ろうと思えるんだからな。それにそう言ってくれるのは嬉しいが、危険な場に出すわけにはいかない。人質になる危険性があるのは、組の関係者なら誰でも同じだ。組員たちにも女や家族がいる」

「それはわかってます。だから……そう、たとえば」

久留巳は一生懸命、考えながら言う。

「組員さんのご家族たちと、もっと綿密に連絡を取って、いざというときに連携が取れるようにするとか。極道の身内ならではの悩みや愚痴を聞くとか。そういうことは、私にもできると思うんです」

「……なるほど」

恭介は顎に手を当て、視線を宙に向けて考える。

「それはありかもしれないな。……昔は組員の家族をフォローするために、組員たちの妻の集いがあったらしいが、俺の母親が亡くなってから自然消滅したそうだ。組員のプライベートまで俺はフォローできないが、誰かが……それぞれの身内と親密な関係を持っておけば、今回の美憂の暴走も、事前に気がつくことができたかもしれない」

はい、と久留巳は真面目な顔でうなずいた。

「その『誰か』の役回りを、私にやらせてもらえませんか？」

「お前が望むなら、やってくれたらありがたいが。無理をする必要はないぞ」

久留巳はきっぱりと断言した。

「無理なんかしてません。条願組の……恭介さんの役に立ちたいんです。お願いします！」

「……そうか。なら、近いうちに顔合わせの席を設けよう。よろしく頼む」

はいっ！　と久留巳は意気ごんでうなずいた。

極道の妻たちの話を聞きつつ、さりげなく組員たちの動向を知り、情報を仕入れるのは、久留巳の母親もしていたことだ。

まったく不安がないわけではないが、赤穂組の下っ端に啖呵を切り、組員たちに姐さんと呼ばれたことで、自己評価は少しばかり上がっている。

すぐに上手くはできないかもしれない。

けれど恭介の役に立てていると実感できるまで、精一杯努力したいと思った。

そんな久留巳を、恭介は嬉しいと感じたようだ。

「頼もしくなったな、久留巳」

優しい目と声で言われて、ふふ、と久留巳は照れて笑う。

「自己卑下するな、って恭介さんに言われましたから。自分に自信が持てるように頑張りたいんです」

「そうか。俺が護る必要がなくなるほど強くなられたら、ちょっと寂しいが」

「私が恭介さんを護れるようになるのが、最終目標です」

ぐっと握った腕を上に突き出すと、恭介は珍しく声を出して笑った。

「困ったときに、久留巳に救援要請できる日が楽しみだ」

「どこからでも駆けつけます！　あ。……そういえば」

久留巳は気がついて、不思議そうな顔で恭介を見る。

「どうして恭介さんは、私の居場所がわかったんですか？　組員さんが拾ってきてくれましたけど、スマホも途中で捨てられてしまったのに」

尋ねると、恭介は久留巳の右手首をそっと握って持ち上げた。

恭介にプレゼントされたブレスレットが、照明にちかりと光る。

「──えっ。まさか」

「そのまさかだ」

恭介はうなずいて説明をする。

「少し分厚い部分があるだろう。そこに小型の発信機が仕こんである。こういうこともあるかもしれないと思ったからな」

恭介が『お守り』と言ったのは比喩ではなく、実質的なことだったのだと久留巳は知る。

「そうだったんですね！　可愛いけど、ちょっと大きいなと思ってたんです」

「おかげでお前の居場所はすぐわかったが、まさか美憂が情報を売っていたとはな……。小遣いなら、会長からたっぷり貰っていただろうに」

忌々しそうに言う恭介の横顔を、久留巳は複雑な思いで見た。

(目的は、お小遣いじゃない……と思うわ)

最初から美憂は、自分を目の敵《かたき》にしていた。金に不自由していた様子もない。

(恭介さんに他に女性がいるというのは、お兄ちゃんが調べて嘘だとわかった。私を元カノに似せたというのも、きっと嘘。……今なら恭介さんが、私を誰か他の女性に似せるために、ヘアスタイルやお化粧を変えさせるなんて、そんなことをする人じゃないって信じられる。そして、どうして美憂さんがそんな嘘をついたのかというと、それは……)

「あの。恭介さん。美憂さんて、もしかしたら恭介さんのこと」

「うん？　美憂がどうした」

怪訝そうな顔の恭介に、久留巳は言うかどうするか迷ったが、遠慮がちに言った。

「つまり。恭介さんのことを昔から慕っていて、それで私と結婚したことに、嫉妬していたのかなって」

聞いた瞬間、男らしい眉が寄せられる。

「関係ない」

というのが、恭介のはっきりした答えだった。

「もしも俺に気持ちがあったのだとしても、俺の大事なものを傷つけてまで横取りするような想いは、邪悪で醜いとしか思えん。そんな女に近寄られるのはごめんだ」

無慈悲に言って、恭介は久留巳の手を握る。

「俺は、まっすぐで純真な心根の持ち主が好きだ。好きも嫌いも怒りも、率直にぶつけてくるような女が」

手を握られて見つめられ、久留巳の胸はドキドキしてくる。

もう何度か体を重ね、ベッドを共にしているというのに、今も恭介にときめきを感じてしまう。

と、久留巳はあることに気がついて、サッと顔を赤くした。それから慌てて、けれど感じが悪いと思われないように、そっと恭介の手から自分の手を離す。

「久留巳？」

「あっ、あのっ、お茶が……冷めちゃいましたよね！　淹れ直してきます！」

「そんなものはどうでもいい。久留巳、俺は騒動の間、ずっとお前の身を案じると同時に、会いたくて触れたくてたまらなかった。組員たちの前じゃなんとか必死に抑えていたが……もう限界だ」

「駄目ですっ！」

熱っぽい声と瞳で囁かれ、ますます久留巳はあたふたして立ち上がった。

「そ、それに、そうです、シャワーを浴びないと！　今日は歩き回ってますし、そうだ、そうしましょう。じゃあ、お茶碗をシンクに片付けてきますねっ」

「おい、どうしたんだ久留巳」

茶器のセットをトレイにのせ、キッチンに駆けこんだ久留巳のあとを、恭介は心配そうについてきた。

「まさか、実はどこか怪我していた、なんてことはないだろうな？」

「ないです、本当に」

作り笑いを必死に浮かべて、久留巳はシンクにトレイを置いた。

「久留巳！　俺は言ったはずだぞ、まっすぐで率直な女が好きだと」

恭介は、久留巳の肩をつかんでぐいと自分のほうに身体を向ける。

真正面の至近距離から見つめられ、久留巳の頭はますますぼうっと熱を持った。

「は、はい。でもあの」

「……俺にこうされるのは、嫌いか」

言いながら恭介は、久留巳の部屋着である薄桃色のリネン素材のワンピースの、前ボタンに手をかける。

「き……嫌いじゃ……ないです……」

ぷち、ぷち、とゆっくり恭介はワンピースの前を開いていった。

腹部のあたりまでボタンが開かれると、そっと両肩から布が滑り落とされる。

すとん、と足元にワンピースがたまり、久留巳は下着だけの姿にされてしまった。

「……綺麗だ、久留巳……」

感嘆するようなため息と共に、恭介は囁く。

（駄目……駄目、どうしよう……）

頬に頬が寄せられ、淡いコロンの匂いに久留巳はうっとりとなる。

（恭介さんの香り……）

流れるような仕草で、唇に唇が重ねられた。

「んっ、んん……っ」

そうなるともう、どちらも止まらない。

恭介は久留巳をかき抱くようにし、久留巳も両手を広い背中に回した。

（好き。恭介さん、大好き……）

「っあ、ああ……」

恭介の唇が、喉をたどり、鎖骨をそっと甘嚙みする。

そうしながら恭介は、華奢な黒いレースのブラジャーを、ずり上げるようにして胸のふくらみを露出させた。

キッチンの明るい照明の下で、久留巳はいやらしく乱れた下着姿の自分が、恥ずかしくてたまらない。

「そんなに恥ずかしそうにするな」

恭介はどこか楽しそうに言う。

「ものすごくセクシーで、綺麗で……ますますそそられる」

「え……っ、あっ、やぁ、ん……！」

胸の突起を唇に挟まれ、久留巳は自分の脚ががくがくしてくるのを感じる。

「ここじゃ……いやっ、あ……明るい、から……っ」

「だからいいんじゃないか」

もう立っていられないと思うのに、恭介はいまにもくずおれそうになる久留巳を抱きかかえるようにして、指先と舌で久留巳を愛撫する。

揉みしだかれた胸の突起をきつく吸われ、久留巳は背中をのけ反らせた。

「んっ、あん……はっ、ああっ」

「感じやすいな、久留巳は」

言って恭介は、久留巳の下腹部に手を伸ばした。

「あ……やっ、駄目っ、駄目なんですっ」

恭介が与える愛撫に、されるがままになっていた久留巳は、再び抗い出す。

「なんだ、どうしてそんなに拒む」

不審そうに、恭介は久留巳の脚の間に自分の太腿を差しこんで、閉じられないよう固定した。

そうしておきながら、レースのショーツに指を忍ばせた恭介は、嬉しそうな声を出す。

「……いつの間にか、こんなにしてたのか。そうか、これが恥ずかしかったのか？」

「っあ、あっ！」

ぬるっ、と指の腹が特に敏感な部分をこすり、久留巳は悲鳴のような声を上げてしまう。

「いやっ、動かさないで……っ」

久留巳のその部分は、リビングのソファに座っていたときから、意図せずぐっしょりと濡れてしまっていたのだ。

自分でも、なぜそうなってしまったのかわからない。ただ、恭介の傍にいるうちに胸が高鳴って、気がついたら熱いものが溢れ出してしまった。

これを悟られたくなくて、久留巳は慌ててキッチンに逃れたのだが、隠し通すことは無理だった。

「よ、汚れちゃう……っ、せっかくの、ショーツ……」

涙目で訴えると、恭介が耳元で囁いた。

「可愛いな、久留巳は」

優しい声で言いながら、小さく尖った部分を指で探りあてる。

「あん……っ！」

くりくりと動かされ、久留巳の身体に電流のような痺れが走った。

「いや、ああ……っ！」

びくびくっ、と久留巳の身体が大きく震える。

「久留巳……？」

「はあっ、は……っ、ああ……」

全身の力が抜けてしまった久留巳を、恭介はしっかりと抱きかかえる。

「もしかして、もういったのか？」

「ご……ごめんなさい……」

半泣きで答えると、恭介は久留巳の頭をよしよしと撫でる。

「本当に可愛い。可愛くて可愛くて、どうしようもない。……大切にしたいのに、貪りつくしたくなる……」

達してさらに敏感になり、ふらふらになっている久留巳を、恭介はくるりと向きを変えて背後から支え、キッチンの壁際に移動する。

「え……っ？」

ほとんど放心状態でされるがままの久留巳だったが、両手首を持たれ、手のひらを壁につくよう促されてとまどった。

「な、なに……っあ！」

後ろから耳たぶを唇で挟むようにして、恭介は囁いてくる。

「ベッドまで待てない。ここでいいだろ」

「えっ。なっ、やっ、あっ、ああ！」

恭介は立ったまま背後から久留巳の腰を抱え、大きく脚を開かせた。そうして。

「――っ、あ、あああ！」

すっかりぬるぬるになって、なにも拒めなくなっていた部分に、恭介の熱く硬いものが入ってくる。

「っああ、駄目ぇ……っ！」

恭介は容赦なく、久留巳の身体を貫いていく。

身長差があるため、久留巳はほとんど爪先立ちになっていた。

「久留巳……っ」

深々と根本まで埋めこむと、恭介は壁についている久留巳の手の甲に、自分の手を覆いかぶせてくる。

そうしながら、ゆっくりと腰を動かし始めた。

「あっ、あ……っ、はあっ……んん」

とろけるような快楽が、下腹部から頭のてっぺんまでを支配していく。

とろとろになった熱い内壁が、恭介のものに絡みついていくのが、自分にもわかった。

「んうっ、あ……ああ、ん……っ」

甘い呻《うめ》きを漏らし続ける久留巳の唇の端から、唾液が零れる。

恭介はその身体を全力で味わうように、深く浅く、自身を突き動かした。

「あっ、駄目ぇ……っ、も、おかしく、なっちゃ……ああっ」

久留巳の手に重ねられていた恭介の手が、ふっと離れる。

と、その両方の手のひらは久留巳の胸に触れてきて、優しく強く揉みしだき始めた。

「あう、んっ……！　あっ、ああ、恭介さ……んっ」

あまりの快感に、膝がガクガクしてしまう。

（もう駄目。これ以上したら身体も頭もみんな溶けちゃう。おかしくなっちゃう……！）

必死にそう訴えたいのに、久留巳の言葉はもうまともな意味をなさない。

「やあっ、あ、う……っ、はああ、んっ……」

きゅ、と胸の硬くしこった突起をつままれ、久留巳は身悶える。

「あっ、あっ、あっ、ああ！」

胸を責められながら、激しく腰を突き動かされ、久留巳はどんどん快感に追い詰められていく。

きゅうっと自分の中が、恭介を締めつけるのがわかった。

「っあああ！」

ビクン、ビクン！　と再び久留巳の身体は大きく痙攣《けいれん》する。

ほぼ同時にきつく恭介が久留巳を抱きしめ、どっ、と体内に熱いものが溢れるのを感じた。

「はっ……はあっ、は……っ」

快感の余韻に身体はまだ震えている。

そんな久留巳だったが、恭介はまだ解放してはくれなかった。

同時に達したはずの恭介のものは、すぐに再び硬度を取り戻し始めていたのだ。

「だ……めぇ、も……っ、あっ……！」

ぬるり、と恭介のものが体内から出され、これで終わったのだという安心感と、まだ繋がっていたいという名残惜しさを久留巳は感じたのだが。

「……そんな、ここで……っ？」

支えてもらわないと、へなへなと座りこんでしまいそうな久留巳を、恭介は床に横たわらせるようにした。

そして久留巳の両膝を抱え割り開くようにして、大きく持ち上げたのだ。

「悪いが、まだ足りない。お前が欲しい、久留巳」

熱に潤んだ瞳で言われ、久留巳は胸をきゅんとさせつつも、必死に拒む。

「もう無理ですっ。だ、だって、これ以上したらおかしくなっちゃ……っあ、ああっ！」

互いの体液が溢れている部分に、恭介はまたも自身を突き立ててくる。

硬い床に背中がこすれて、痛いとわずかに眉を寄せたそのとき。

「っ……？」

久留巳はふわりと、自分の身体が浮いたような錯覚に陥った。

恭介が背中に手を回し、抱きかかえるようにして持ち上げたあと、自分が床に仰向けになったのだ。

「えっ、えっ、こんな……い、いやっ」

恭介の上に、身体を貫かれたまま跨《また》がって座る形になり、久留巳はどうしていいのかわからなくなって、困惑してしまう。

「お前のペースで動けばいい、久留巳」

「そんな……んっ、んん」

恭介の上に座っている体位だと、身体のなにもかもを見られている状態になってしまっているから、久留巳は恥ずかしくてたまらない。

「いや……っ」

思わず上体を倒し、恭介の上に覆いかぶさると、優しい手が久留巳の背に回されて抱きしめてくる。

「久留巳。……好きだ……」

率直に言われて、またも久留巳の身体が熱くなっていく。

「わ、私も。ううん、私のほうが……もっと好き」

久留巳は初めて、自分から恭介の唇にくちづけた。

「んっ、ん……んん」

体内の恭介のものが、ぐぐっと熱をさらに帯びる。

（なんて、気持ちいいんだろう。人と肌を合わせると、こんなにまで心が満ち足りていくなんて……）

何度も角度を変えてくちづけ、舌を絡め、きつく吸ううちに、ずくん、ずくん、と久留巳の下腹部が甘くうずき始めた。

（恭介さんが、もっと、欲しい……っ）

お互いの吐息が熱い。汗とも体液ともわからないもので、どちらの身体もしっとりと濡れている。

久留巳は身体を起こし、はあはあと肩で息をしながら、自ら腰を動かし始めた。

「あ……っ、はあ……っ！」

恭介が、互いが接続している部分に手を伸ばし、久留巳の小さな核に触れてくる。

「んんっ、っあ、ああ……！」

大きく背を反らして腰を使うと、胸も一緒に揺れる。

（全部、見られてしまってる。恭介さんに……っ）

恥ずかしくてどうにかなりそうなのだが、快感を求めて腰は止まらない。

「……久留巳。すごく、綺麗だ……」

感嘆したように、恭介がつぶやくのが聞こえる。

（嬉しい……気持ち、いいっ……）

激しい快感の連続に、意識が飛んでいってしまいそうになりながら、このまま本当に、どちらの身体も溶けてひとつになってしまえばいい、と久留巳は思った。


「恭介さん……」

ふと目を開いた久留巳は、自分がベッドの中にいることに気がついた。

どうやらセックスの途中で、わけがわからなくなってしまったらしい。

隣で腕枕をしていた恭介は起きていて、ずっと自分を見守っていてくれたようだ。

久留巳の髪を撫でながら、悪かった、とつぶやいた。

「無理をさせたら駄目だとわかっていながら、どうしても止められなかった。……お前はこんなに華奢で、小さな身体なのに」

髪を撫でられるのが気持ちいい、と思いながら久留巳は微笑む。

「……大丈夫です。……恭介さんがそんなふうに思ってくれたなら、嬉しい。ただ」

上目遣いに見つめて、久留巳は恭介に訴える。

「あまり明るいところで、ああいうのは、その。恥ずかしかった……です」

「どうして。あんなに綺麗なんだから、お前は自分を誇るべきだ。とはいえ、恥ずかしがるところもまた、可愛かったか」

「かっ、……可愛いかったですか？」

「ああ。俺の妻は、ものすごく可愛い」

「そ、そんなふうに思ってくれるなら、明るくても、ええと……たまになら、いいです」

「たまに、というと二日に一回か」

「そんなの多いです！　一週間に一回……なら」

「多いな。俺は一か月に一回くらいかと思った。積極的だな久留巳は」

「ええっ、違います！　恭介さんの意地悪！」

「ふふ。悪かった、からかって。……しかし、こんなに可愛い妻には、ドレスがさぞ似合うだろうな」

「はい？　ドレスですか？」

恭介は、目をぱちくりさせている久留巳の耳に唇を近づけ、甘く囁く。

「来月、フォトウエディングの予約をしてある。近いうちに、ドレスを選びに行こう」

「えっ……！」

「あの挙式は組のための儀式に近かったからな。写真くらいは俺たちの好きに楽しもう」

ウエディングドレスを着るのが夢だった、という久留巳の言葉を、恭介は覚えてくれていたらしい。

「……夢みたい……！　ありがとうございます、恭介さん！」

「俺としても、お前のドレス姿が見てみたい」

恭介は久留巳の鼻に、鼻先をつけるようにして小さく笑う。

思わず久留巳も、つられて笑った。

そうして甘い囁きを交わしながら、いつしか久留巳は幸福な眠りに落ちていった。


フォトウエディングは、最初のデートの思い出がある横浜で撮影した。

久留巳は念願の、デコルテの広く開いた、レースとパールを縫いつけたドレスにヒールを履き、髪の毛はふわふわとまとめて花を飾った。

嬉しくてたまらず、カメラマンに言われなくとも、ずっと顔がにこにこと笑顔になってしまっている。

恭介は普段のダークスーツとは逆の、白いモーニングだったが、胸板が厚く腰の位置が高いため、こちらもとてもよく似合った。

互いの姿に見惚れつつ幸福な時間を過ごし、久留巳は改めて恭介の妻になったという実感を噛みしめた。

あまりに幸せで、こんな時間がいつまで続くのかと不安になるほどだったが、恭介から雨のごとく降り注がれる愛は、この後も止まる様子がなかった。

フォトウエディングから、一週間ばかりたった朝。

一緒に朝食を食べ終えた久留巳は、事務所に向かう恭介にジャケットを着せかけていた。

「忘れ物はないですか？」

「うん。すっかり新妻が板についてきたな、久留巳」

言いながら玄関に向かう恭介を、早川もにこにことして見送っている。

「恭介様は最近、お顔が優しくなってこられましたね。久留巳様の影響でしょうか」

「玄関を出るまではな」

恭介は言って、早川の前だというのに久留巳を抱き寄せる。

「行ってくる」

「はい。気をつけて」

久留巳と恭介が目と目を見つめ合わせたそのとき、マンションの出入り口にあるオートロックの、インターホンが鳴った。

敏速にカメラを確認した早川が、眉を顰める。

「宅配便のようですが。本日、そのような予定はなかったと思います」

「問題ない。通せ」

え？　と久留巳は恭介の対応に驚きつつ不安になった。

いかに配送だろうと、そんなに簡単に予定のないものをフロアに迎え入れて大丈夫なのだろうかと思う。

「確かに宅配の人の格好をしていましたけど、予定はないんですよね？　悪意のある人が変装しているかもしれませんし、確認が取れるまでドアを開けないほうが……」

焦る久留巳だが、恭介は平然としていた。

「だとしたら、そのときはそのときだ」

こんな迂闊な人のはずはない。どういうつもりだろうと久留巳が訝しんでいると、ピンポーンと玄関のチャイムが鳴った。

「俺が出よう」

恭介はためらいなく、玄関に向かってしまう。

「だ、駄目です、恭介さん！　もしも危険な人だったら……」

久留巳は慌てて、その背中を追おうとしたのだが。

「……久留巳はここで待っていろ」

なぜか恭介はそう言って、玄関に通じる廊下のドアをパタンと閉める。

（えっ。どういうこと？　私に来るなって……ど、どうしよう。まさか、本当に危険なことだったら）

心配になってきた久留巳は、やはり表情を曇らせている早川と顔を見合わせる。

間もなく恭介は、縦横四十センチくらいはありそうな、ピンクの包装紙とリボンでラッピングされた、箱のようなものをリビングに戻ってきた。

「……いったい誰から、なにを送ってきたんですか？」

「それなんだがな」

恭介は首を傾げる。

「どうもよくわからない。久留巳、ちょっと持ってみてくれ」

「は……はい？　わからないんですか？」

恭介にしては随分と不用心だ。どういうことなのだろう、と不審に思いつつ、久留巳は手渡されたものを持ってみたのだが。

「……きゃっ！　なっ、なんだかこれっ、動いてます！」

怖い！　と急いで箱をテーブルの上に置いた途端、きゅんっ！　という不思議な音が箱から聞こえた。

「開けてみろ、久留巳」

恭介は、笑いを含んだ声で言う。

まさか！　と思いながら久留巳がリボンを解き、包装を開いてみると、そこには。

「きゃんっ、くぅんっ！」

「かっ……可愛いいいい！」

出てきたのはケージに入った、生後三か月ほどのトイプードルだった。

ふわふわした白い毛の塊のようなそれは、久留巳の愛犬、くるりんを思い出させる。

「こいつがいたら、俺がいない間も寂しくないだろう」

くるりんのことを知った恭介が、自分のために飼うことにしてくれたのだと、久留巳は気がつく。

わざわざサプライズのために、玄関の外で恭介が、急いでケージを包んでリボンをかけたようだ。

ケージから出して抱き上げると、子犬はぺろぺろと、久留巳の鼻や唇を舐めた。

「ふふっ、人懐こいのね……！　ありがとうございます、恭介さん！　すっごく、すっごく、嬉しいです！」

「俺はもう出かけなきゃならないが、ペットフードやグッズの一式も、これから配達されてくる。世話を頼む」

「はい、任せてください！」

久留巳が言うと、恭介が軽く唇にキスをしてきた。

「じゃあ、行ってくる。……しかしまさか、条願組若頭の俺が、子犬と間接キスをする日がくるとは思わなかったな」

「嫌ですか？」

思わず尋ねると、恭介は初めて見せるような優しい笑みを、久留巳に向けた。

「いや。最高だ」

「……私もです！」

久留巳は言って顔を上げ、もう一度恭介にキスをねだる。

すると恭介はそっと子犬ごと久留巳を抱きしめ、甘いくちづけをくれたのだった。

あとがき

はじめまして、森屋《もりや》りのと申します。

このたび、ヴァニラ文庫様で本を出していただくことができて、とても嬉しいです！

自分に自信のないヒロインが、冷徹夫との恋に落ちつつ、見た目も心も明るくキラキラしていくお話を書くのは、とても楽しかったです。

イラストは、森原八鹿《もりはらようか》先生が担当してくださいました！

美麗で艶やかなヒロインと、迫力あるイケメンのヒーローを二次元で見ることができて感激しています。森原先生、素敵なイラストをありがとうございました！

そして本作の出版に関わったすべてのみなさま、手に取って下さった読者の方々に、心から感謝しています。少しでも楽しんでいただけたら光栄です！

二〇二四年十月　森屋りの

愛を信じない冷徹夫が、政略結婚した新妻に夢中です

Vanilla文庫 Miel

2024年10月5日　第1刷発行　　定価はカバーに表示してあります

著　作　森屋りの　©RINO MORIYA 2024
装　画　森原八鹿
発行人　鈴木幸辰
発行所　株式会社ハーパーコリンズ・ジャパン
東京都千代田区大手町1-5-1
電話 04-2951-2000（営業）
0570-008091（読者サービス係）
印刷・製本　中央精版印刷株式会社

Printed in Japan ©K.K.HarperCollins Japan 2024 ISBN978-4-596-71625-5